www.editions-micmac.com

Collection dirigée par Guillaume Widmann

Des mêmes auteurs :
Prune Lalune ou les vacances pourries d'une peste.

ISBN : 9782362210426

Lili Pissenlit

Odette

ou les tribulations d'une pigeonne

Illustrations de Marie-Olé

Editions [MiC_MaC]

A Clara mon adorable filleule.
A mes 94 ans ½ de tendresse… ma grand-mère.
A ma Môman pour m'avoir appris à toujours regarder le verre à moitié plein !
A Môssieur mon père : Promis, juré, craché parole de fille aimante (tu peux respirer tranquille), tu n'iras pas aux Blés d'or !
A Clara Peuf-Peuf ma délicieuse peste.

Lili Pissenlit

Je me présente : Big foot, grand pied pour les intimes et seulement depuis 3 jours, parce que jusque-là je m'appelais Odette ! C'est guère plus seyant, je vous l'accorde, (mais c'est ma mère qui avait choisi en son âme et conscience. Elle m'a d'ailleurs toujours dit que j'avais de jolis doigts de pattes rose-bonbon, un peu comme si j'avais chaussé des escarpins raffinés.) Alors ce nouveau nom, c'est une claque !

Je dois d'avoir été rebaptisée à Clara qui m'a sauvé la vie en début de semaine. Je pourrais vous faire croire que j'étais poursuivie par des méchants, ou que j'essayais d'échapper à un animal féroce, mais non. Je suis juste tombée d'un tournesol, un ridicule tournesol qui n'a même pas eu la dignité de ne pas fléchir sous mon poids. Il est clair que baignée dans l'euphorie d'une redécouverte des grands espaces, après des années en pleine nature morte, en ville à respirer l'odeur des pots d'échappement, j'en ai oublié ma maladresse légendaire. Mais là n'est pas le plus grand drame de ma vie.

Après m'avoir soigné la patte avec amour, Clara s'est persuadée que j'étais un mâle et ça, ça me fait mal. Et elle a trouvé du meilleur goût de m'affubler, moi, le pigeon, d'un bonnet péruvien tricoté. Il ne me manque plus qu'un poncho et on dirait un vrai pigeon de la Pampa. Pourvu que je ne croise personne que je connaisse ! Et j'ai beau me persuader du contraire, je vois mon reflet dans la vitre… pas moyen de me prendre pour un pigeon de concours ! Quand bien même j'aurais eu l'idée saugrenue de devenir Top-pigeon, ma carrière est morte dans l'œuf. C'est dans les moments difficiles qu'on regrette de ne pas avoir apprécié à leur juste valeur les moments tranquilles passés quasi inaperçus puisque vides d'ennuis… Surtout quand on a affaire à la pugnacité d'une petite fille, qui, je ne sais pourquoi, a décidé de me promouvoir, moi, pigeon voyageur !
C'est qu'elle a de la suite dans les idées. Je sais, je sais, d'aucuns diront que je suis chanceuse, que je vais voir du pays et rencontrer des petits hommes fabuleux mais tout bien réfléchi, moi le voyage, je

ne suis pas fan. À moins qu'il soit organisé et encore, pas avec n'importe qui. Je me souviens d'un voyage pénible avec des hirondelles qui n'ont cessé de bouffer du kilomètre sans jamais prendre le temps de se poser ; le lèche-paysage à toute allure, c'est d'un frustrant ! J'en garde un très mauvais souvenir. Et je me suis jurée à l'avenir d'être beaucoup plus pointilleuse sur le choix de mes compagnons de vol ! Ce n'est pas pour autant que j'ai opté pour le côté baroudeur. Une patte entre deux destinations, la plume toujours en bataille à braver le froid et la tempête ? Franchement, c'est pas mon truc... en plus je n'ai absolument pas le sens de l'orientation. Ça paraît curieux, certes, puisque c'est inné chez mes congénères mais je confonds le Nord et le Sud et je ne suis pas plus à l'aise avec l'Est et l'Ouest. Ce qui, soit dit en passant, est un obstacle majeur pour que je ne m'éloigne pas trop loin de mon nid. Et puis, je ne suis pas prête à lâcher mes petites habitudes.
Non je ne suis pas vieille fille, j'ai besoin de repères pour m'épanouir c'est tout. Je ne demande pas grand-chose !

Enfin bref, pas moyen de me faire à l'idée de devenir un vulgaire pigeon voyageur. Et puis tout

ce stress à fuir les matous affamés qui voient en nous un festin, sans compter ces humains qui nous considèrent comme des nuisibles… pour quelques malheureuses fientes lâchées ici et là, mais pour qui se prennent-ils ?
Ah ! La jalousie, c'est ce qui les anime. Ils voudraient pouvoir en faire autant : voler et faire leurs commodités en même temps. Quand on n'est même pas fichu de marcher en mâchant du chewing-gum, on revoit ses prétentions à la baisse ! Et je leur dirais ce proverbe, tout droit sorti du bec d'une alouette en pleine migration : « La plume au c… ne fait pas la crotte qui vole ! »

Cette réflexion n'arrange pas mes affaires. Je marche sur le rebord de la fenêtre sous le regard attentif de Clara. A défaut de pouvoir lui dire que je ne suis pas un mâle, j'accentue mon déhanché… plus féminin, plus sensuel, je sens qu'elle va comprendre et qu'elle oubliera bien vite mon côté Yang…

En rêve ! Soudain la petite se met à hurler, comme une perdue, que je suis un pigeon homosexuel ! Non mais, moi, homo-pigeon, c'est la meilleure ! Qu'est-ce qui a pu lui faire croire ça ? Ma démarche ?

Elle me prend pour un pigeon-folle ! Jusqu'à aujourd'hui, je pensais transpirer la féminité mais je dois me rendre à l'évidence, je renvoie une image de mâle-manqué, bien loin de la pigeonne digne de ce nom. Il faut que je recentre mon côté Yin au plus vite… Et que j'opte pour la féminine attitude. Me voilà mal barrée. Si je savais, je claquerais la fenêtre, je m'en irais en deux battements d'ailes et tout serait oublié. Seulement voilà, cette petite m'a sauvée et ma culpabilité prendrait le pas sur mon ingratitude. Cela me rongerait et je finirais dépressive…

Oulala, stop, je suis en train de me laisser aller, faut que je redresse la barre. Après tout, rien n'est dramatique. Je porte un magnifique bonnet péruvien en Alpaga tricoté main, qui gratte, certes, mais qui m'a été si gentiment offert qu'il serait malvenu que je le prenne mal et dans très peu de temps, un message accroché à la patte, je survolerai des contrées éloignées… faisant ainsi le bonheur d'une adorable petite fille persuadée d'être dotée du seul et unique pigeon-voyageur homosexuel prénommé Big-foot ! Après tout, rien n'est trop beau pour rendre le sourire à un enfant !

Moi Odette, je me dois d'aller jusqu'au bout. Une respiration profonde et me voilà prête ! Au revoir mes repères, bonjour l'inconnu ! Pour montrer ma bonne volonté, j'accepte de me prêter à l'exercice qui consiste à aller rejoindre l'arbre en face dès que la petite me donne le départ. Elle dit que c'est un bon entraînement. Je veux bien mais ça fait au moins une bonne dizaine de fois que je vole d'un bout à l'autre. J'ai peur qu'elle me confonde avec un chien d'arrêt.

L'exercice terminé, j'en profite pour faire ma toilette pendant que la petite vaque à ses occupations.

Là, me dis-je en me coiffant les plumes, c'était pour de rire Odette ! Et maintenant que tu as prouvé que tu étais une grande athlète, va pas falloir rechigner à la tâche ! T'avais qu'à pas faire ta frimeuse !

À présent, j'observe attentivement Clara. Elle semble s'appliquer à noircir un petit bout de papier… certainement ma mission. J'angoisse.

Pas le temps de dire ouf ! Elle m'attrape par la patte et m'accroche le papier roulé. A partir de là, elle m'explique de sa voix la plus douce qu'il va falloir que je rejoigne la résidence de « L'Âge d'or ». La petite me parlerait hébreu ce ne serait pas pire… il serait bon qu'elle précise, parce que me connaissant, j'aurai eu le temps de faire trois fois le tour de l'île que les nouvelles dîtes fraîches auront la tête d'une laitue restée trop longtemps dans le bac à légumes du frigo. Bon je me concentre. 'Faut pas que je loupe la suite ; 'manquerait plus que je me paume. La petite hausse la voix, je tressaute, elle insiste sur l'adresse :

« L'Âge d'or, 3ème étage, dernière fenêtre à droite, tu y trouveras Mamie Pomme. »

J'acquiesce en secouant la tête pour lui signifier

que j'ai bien compris mais je la maîtrise pas bien, ma tête, et en moins de temps qu'il n'en faut pour le dire, elle a fait un tour sur elle-même. Clara est impressionnée et elle a raison parce que je ne sais pas si je serais capable de refaire la même chose.

Bon ben me voilà prête pour le grand voyage. Je dois être honnête, j'ai une peur bleue… pourvu que ma patte ne me lâche pas pendant le vol. La petite dit qu'il faut que je fonce tout droit, c'est un bon début. C'est tellement touchant qu'elle me fasse confiance…

Le grand voyage !

1… 2… 3… et c'est parti, ça y est, je suis en l'air. En bon pilote, je vérifie que tout fonctionne, petits mouvements en rotation de l'aile droite, de l'aile gauche, de la queue… tout paraît au mieux ! Dernier petit coup d'œil à Clara et à moi la Balagne… et Mamie Pomme ! Heu, je prends tout droit, d'accord, mais jusqu'où ?

Au bout d'une heure de vol… je n'en peux déjà plus. Joli le paysage ! Et puis pas rébarbatif du tout : des montagnes, du maquis, des rochers, des montagnes, du maquis, des rochers, des montagnes, du maquis, des rochers… et puis ce vent, toujours ce vent, j'ai l'impression de faire du surplace. J'en ai plein le bec, ras la plume ! Je remplis ma mission et je prends la tangente ! Si je dois recommencer ce périple tous les jours, je vais finir ronchon.

À moi la méthode Coué : je vais bien, tout va bien, il fait beau, il fait chaud et je vais y arriver ! Allez encore une fois : je vais bien tout va bien, il fait beau, il fait chaud et je vais y arriver !… 331ème fois : je vais bien…

Oh ! Génial ! La mer ! Je vois la mer ! Je ne dois pas être très loin. Maintenant il faut que je me concentre sur un grand bâtiment rose. Ouais, ben c'est pas gagné, j'avais oublié que j'étais daltonienne, ça va pas me rendre la tâche facile, ils sont tous de la même couleur et s'il y a des nuances, pour moi, c'est bernique, niet !

Ah, tiens, y a un parc, ça pourrait être là, ce serait pas mal, je pourrais casser la croûte. A bien y regarder, y a trop de balançoires et trop de tourniquets, ce serait la meilleure que le 3ème âge se mette à jouer à la marelle ! Oh, mais derrière l'église, c'est bien un petit jardin que je vois… J'y suis ! À voir la densité de petits vieux au mètre carré, c'est certainement pas la cour d'une école maternelle. Petite boucle piquée, je rase la cime des arbres. Waouh ! Le bâtiment est là. Enfin s'il est rose, bien sûr ! Bon, 3ème étage, dernière fenêtre à droite, encore deux battements d'ailes… Hou ! Je crois bien que je me suis trompée, y a un papi assis qui dégage une odeur d'arrière-cour de brasserie moules-frites ! Et il a l'air aussi sympathique qu'un vase de Chine. Mais qu'est-ce que j'ai fichu ?

Ah, bah bien sûr, j'ai confondu ma droite et ma gauche ! Ça m'arrive de temps en temps, surtout quand je suis fatiguée… enfin si je dois être honnête, ce n'est pas exclusivement ces jours-là mais on a les excuses qu'on peut et par moment, il est bon d'être indulgent avec soi-même. Il ne me reste plus qu'à virer de bord…

OUF ! Le rebord de la fenêtre et le bon cette fois. Elle est entrouverte mais il n'y a personne. Pas l'ombre de Mamie Pomme. Je vais m'octroyer quelques minutes pour reprendre mes esprits avant de frapper du bec au carreau. Je ne pensais pas arriver avant la nuit. Quel bonheur de pouvoir profiter de ce petit rayon de soleil ! Vivement qu'on me sorte ce bout de papier, je transpire et ça me démange.
Vautrée sur le rebord, je me laisserais bien aller à un petit roupillon mais ce serait du plus mauvais effet. C'est vrai, après tout, elle ne me connaît pas la Mamie Pomme, 'manquerait plus qu'elle me prenne pour un pigeon junkie et dévergondé. Et puis c'est toujours la première impression qui compte ; il serait donc

préférable que je me redresse avant de signaler ma présence.

Oh, nom d'une plume ! Il n'y a pas un muscle qui ne se rappelle pas à mon bon souvenir. À chaque mouvement, j'en découvre de nouveaux dont je ne soupçonnais même pas l'existence.

Rencontre avec Mamie Pomme

Bref, me voilà debout et le port de tête droit, je frappe. Rien. Je refrappe… CCOOOiiiiiKKK !!! Fait la fenêtre. AAAhh ! me mets-je à hurler. Mais c'est qui ? Je piaille de trouille à m'en faire péter les ventricules. Enfin Odette, reprends tes esprits et vite ! me crie une petite voix dans ma tête. Je veux bien, j'lui réponds, mais sortez-moi l'épouvantail qui me fait face ! C'est pas de ma faute, je m'attendais à rencontrer une vieille dame bien sous tous rapports, pas une mamie coiffée de sa culotte.

« Oh ! Une brebis ! » s'exclame-t-elle soudain.

Je me retourne pour voir la brebis, prête à

Ho !
Une brebis !

m'envoler pour lui laisser ma place, preuve de ma bonne éducation ou de mon sens pratique. Oui, je doute fort qu'on tienne à deux sur le rebord de la fenêtre. Quand je réalise qu'il n'y a pas de brebis… mais qu'est-ce qu'il m'arrive ? Comment ai-je pu croire un instant me retrouver à tailler la bavette à sept mètres du sol sur un rebord de fenêtre, avec un ovin à la mise en plis parfaite ? Et pourquoi pas le quadrupède bouclé accroché à la gouttière du 3ème tant que j'y suis ! Je crois que l'épreuve de la culotte m'a sonnée !
Non, non, pour elle, la brebis c'est Mouâ ! Sûr que c'est à cause du bonnet tricoté, j'avais fini par l'oublier… je m'en tire à moindre frais, elle aurait pu me prendre pour un lama !

« Mais non Madame Pelucci, ce n'est pas une brebis mais un pigeon ! » dit tout à coup une voix douce.

« Un pigeon ? » s'étonne Mamie Pomme.

« Oui, et il a un message à la patte, asseyez-vous, nous allons le lire ensemble. »

Peut-être pour la première fois de ma vie, j'agis avec une docilité que je ne me soupçonnais même pas. Deux petites mains fragiles m'attrapent délicatement la patte pour en dénouer le message. Je ne bronche pas d'une plume. Elles s'attardent quelques secondes sur mon petit bandage puis la silhouette gracile retourne près de Mamie Pomme. Elle déroule le message :

« Madame Pelucci, c'est un message de Clara ! » lui murmure-t-elle à l'oreille.

Brusquement Mamie Pomme, dont l'élastique de la culotte lui tombe sur l'œil, la jette en l'air, sous nos regards hébétés.

« Clara, c'est ma petite fille ! Mais pourquoi avais-je ma culotte sur la tête ? Et que fait cette adorable pigeonne sur ma fenêtre ? »

Incroyable ! Elle est redevenue normale et en plus, elle a vu tout de suite que j'étais une femelle ! Voilà une femme d'expérience qui sait reconnaître chez l'autre la classe féminine pudiquement cachée… je suis rassurée.
La dame à la blouse claire a tourné les talons alors

que Mamie Pomme lit son mot à voix haute en me faisant des signes de la main pour que je vienne près d'elle :

« Mamie Pomme chérie, je t'envoie Big Foot pour te dire que je pense à toi et que tu me manques beaucoup. Papa et maman disent qu'ils n'ont pas le temps de m'emmener te voir dans ta nouvelle maison. As-tu une piscine ? Je t'aime. Clara »

Une grosse larme roule sur la joue de Mamie Pomme et vient s'écraser sur ma tête, suivie de très près d'une autre et d'une suivante. Je n'en mène pas large, j'ai une sainte horreur des mélos et me voilà bien malgré moi spectatrice du plus triste que j'aie jamais vécu. C'est bien pire que ce que j'imaginais… Manifestement la Mamie Pomme perd un peu la boule et la petite Clara n'est au courant de rien. Ses parents se chargent de ne pas tout lui dire, certainement dans le but de la protéger, quelle bêtise !

J'ai pris la dernière larme dans l'œil quand elle s'est mise à me parler :

« J'ai quasiment élevé Clara. J'allais la chercher à l'école tous les jours. Elle passait tous ses dimanches avec moi ainsi que toutes les vacances. On jardinait ensemble et on faisait des pâtisseries parce qu'elle est très gourmande !

Et puis un jour, ma mémoire m'a joué des tours, je retrouvais le courrier dans le frigo, au moins les nouvelles étaient fraîches, mais aussi les yaourts dans le panier de linge sale et pour le coup plus assez frais pour être mangés. J'étais certaine que de vilains petits lutins venaient durant la nuit me faire des farces. Un jour mon fils, le père de la petite, s'en est rendu compte… et puis… et puis je suis arrivée ici… toute seule ! Mon Dieu qu'elle me manque… »

L'humidité du monologue me tombe sur les reins. Je ne voudrais pas me mêler de choses qui ne me regardent pas mais mettre la mémé à l'écart parce que son QI recule plus vite que la forêt tropicale, sans jamais aller la voir, quel que soit le prétexte, ça me paraît aussi moral qu'une geôle turque ! La dame à la blouse claire, dont je suis incapable de définir la couleur exacte puisqu'elle ne fait pas partie de ma palette de daltonienne, revient :

« Madame Pelucci, je vais vous prendre la tension avant de vous donner votre dîner. »

La bulle

Il est évident que je n'ai rien à faire là pour l'instant, je vais m'éclipser quelques minutes et aller voir sur d'autres rebords si j'y suis... Hop ! Hop ! Hop !... A nouveau rebord, nouveau locataire... Hou ! On dirait que ça chauffe... Je sais, je suis un peu curieuse mais je l'assume très bien, me dis-je en penchant la tête pour voir ce qu'il s'y passe. Un monsieur avec une blouse foncée essaie de ramener à la raison une vieille dame montée sur ses grands chevaux.

« Allons Madame, restez calme, vous êtes ici chez vous. On ne vous a pas kidnappée. C'est vous qui avez choisi de venir vivre ici parce que vous oubliiez de plus en plus les choses. Vous sortiez en laissant la porte de la maison ouverte, vous vous souvenez ? »

Tu parles si elle s'en souvient ! Son attitude laisse penser le contraire, me dis-je hors de moi. En fait, elle doit avoir le même problème que Mamie Pomme, je ne suis pas médecin, mais si j'ai bien pigé le truc, elle a comme une bulle qui lui traverse le cerveau. À ce moment-là, elle reconnaît ce qui l'entoure et quand la bulle fait le retour, elle ne reconnaît plus personne. Finalement, le fils de Mamie Pomme n'a peut-être pas eu tort d'insister pour qu'elle vienne dans cette maison. Parce qu'à bien y réfléchir, si la Mamie Pomme avait décidé, au retour de la bulle, de faire un feu de camp avec sa cuisinière, y avait de quoi flipper ! Preuve une fois de plus que le dicton dit vrai : « Qui n'entend qu'un son, n'entend qu'une cloche ! »

Il est peut-être temps que je m'en aille avant de me faire démasquer et puis il faut que je dise au revoir à Mamie Pomme.

Je la retrouve, calme, assise sur son fauteuil en train de griffonner un bout de papier. Certainement la réponse à sa petite-fille. En me voyant, son regard s'illumine. J'avoue que ça me touche et plus encore quand, en m'appelant « sa petite pigeonne », elle me fait signe de venir me poser sur le bord de la table où elle a déposé une poignée de miettes pour moi.

« Tu vois petite pigeonne, le mot que je viens d'écrire pour Clara, je te l'accrocherai à la patte pour que tu le lui portes demain. Mais avant ça, tu vas te reposer un peu et dormir ici avant de repartir ! »

Apparemment, elle n'a aucun doute sur ma réponse et ni une ni deux, plus alerte que jamais, elle ouvre le tiroir de sa commode et en sort un bout de tissu. Je suis trop concentrée sur mon dîner pour m'en soucier. Mais une fois mon repas terminé, je me retourne vers la fenêtre, Mamie Pomme est là souriante. Comme une parfaite hôtesse elle tend la main sur ce qui manifestement sera mon nid pour la nuit.

Et là, stupeur ! Une gaine, une culotte à grands bords dont la couleur est délavée, large comme deux fois l'envergure de mes ailes, m'attend suspendue par deux pinces à linge. J'en tombe le derrière dans l'assiette.

« Regarde comme tu vas être bien ! »

Mon confort, lui paraît si évident !... Et je veux bien la croire, sûr que je serai plus à l'aise que dans une minuscule culotte sans fesses, mais tout de même !
Ok, ça ne m'enchante pas mais je ne peux pas refuser, question d'éducation. Sauf que cette dernière pourrait être mise de côté si l'envie lui prenait de me coller son verre à dents et son dentier tout près de mon hamac de fortune ! OUF !!! Elle me fait la grâce de le garder près d'elle. À moi les grands espaces de la culotte de mémé... Je suis enfin au repos.
Quand soudain, le visage édenté de Mamie Pomme apparaît par l'élastique de la taille :

« Bonne nuit, petite pivonne ! » me dit-elle, un cheveu sur la langue et de la gentillesse plein les yeux.

En retour, je roucoule un coup et ça semble lui plaire. On est quittes, il ne nous reste plus qu'à dormir.

Après quelques heures d'un semblant sommeil, j'ai l'horrible sensation d'avoir du mou de veau dans le cerveau… Mamie Pomme ronfle comme un tracteur et mon hamac suit la brise. Un peu trop d'ailleurs à mon goût ! J'ai passé l'âge d'être bercée. Je suis inquiète… et si demain elle avait sa bulle sur le retour et qu'elle ne sache plus qui je suis ?… Je finis par me rendormir.

« Bonjour Madame Pelucci, vous êtes déjà debout ? » s'étonne une dame en blouse claire en entrant dans la chambre avec un plateau petit déjeuner.

Je sursaute et, par effet, balance dans la gaine de plus belle.

« Oui, répond Mamie Pomme enjouée, je voulais être debout pour accrocher le message à la patte de la pigeonne avant qu'elle ne s'en aille. C'est un message pour ma petite-fille ! »

« Vous avez l'air en pleine forme, ça fait plaisir à voir ! Je repasserai plus tard chercher votre plateau. Bon appétit ! » lance-t-elle avant de refermer la porte.

En voulant rejoindre Mamie Pomme sur la table, je négocie mal mon atterrissage, le pot de confiture me semblait beaucoup plus loin… et PLOUF ! La patte dans la gelée de groseilles et la queue sur la biscotte beurrée ! Maladroite d'accord, mais il y a quand même un talent à la base. Mamie Pomme éclate de rire. Elle est mon meilleur public. Avec un large sourire et un regard plein de compassion elle me tend un croissant pour moi toute seule, ça c'est grand luxe ! Quelques minutes plus tard, Mamie Pomme m'a nettoyée et a accroché mon message à la patte.

Elle me caresse la tête. J'ai horreur de ça mais ça lui fait tellement plaisir que je m'y plie sans rechigner. Puis doucement, elle me remet mon bonnet. Dernière miette avalée, il est temps de partir, petit regard à Mamie Pomme et me voilà dans les airs… Il serait bon que je ne me goure pas et peut-être préférable que j'emprunte scrupuleusement le chemin inverse sans chercher à innover avec un pseudo raccourci qui au final, vu mon sens inné de l'orientation, ne ferait que rallonger d'autant, voire du double, mon trajet. Il fait beau, j'ai le vent dans le dos… génial, j'irai plus vite !

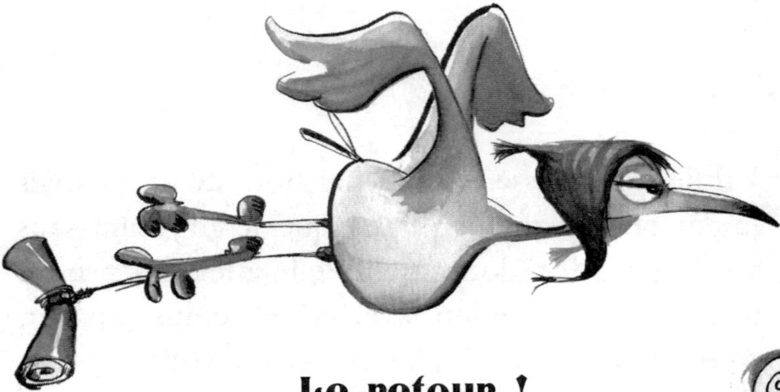

Le retour !

Tu parles, au bout d'une heure de vol… je n'en peux déjà plus. Joli le paysage ! Et puis pas rébarbatif du tout : des montagnes, du maquis, des rochers, des montagnes, du maquis, des rochers, des montagnes, du maquis, des rochers… et puis ce vent toujours ce vent, qui a tourné et que j'ai maintenant de face, je n'avance plus. J'en ai plein le bec, ras la plume ! Je remplis ma mission et je prends la tangente ! Curieux, ça me rappelle quelque chose, est-ce que je radote ? Allez Odette, encore un effort, vas-y Odette, t'es la meilleure, allez Odette, fonce…

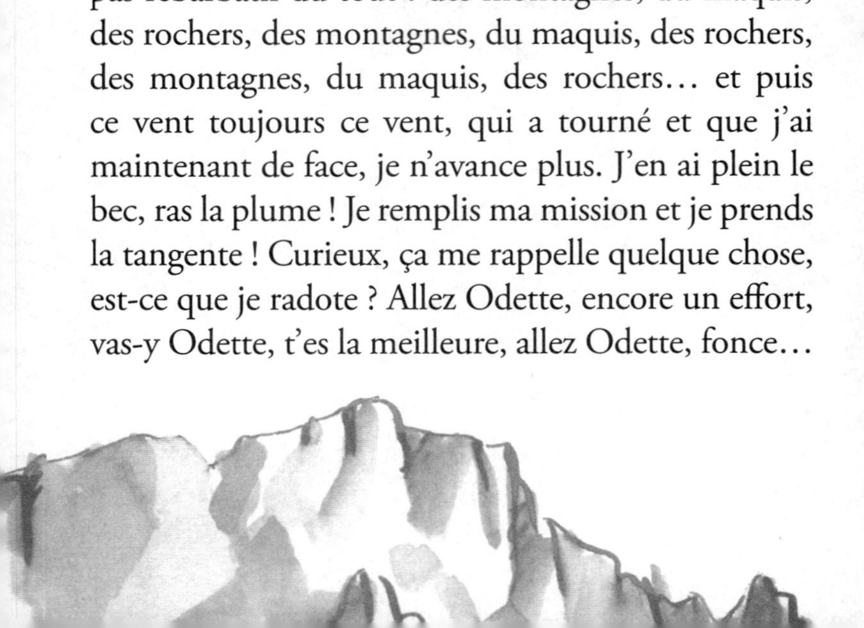

Oh ! La mer… et le Pascal Paoli qui rentre au port, je suis enfin arrivée !!!
J'aimerais bien m'éterniser, mais Clara doit être impatiente de me voir arriver pour lire la réponse de sa grand-mère. Quatrième cheminée à droite et j'y suis… les pattes en avant et c'est un atterrissage parfait ! Je m'améliore et ma patte résiste.

Clara est là, les yeux rivés à la fenêtre, le MP3 sur les oreilles.

« Je t'attendais Big Foot, crie-t-elle en arrachant ses écouteurs, je savais que tu reviendrais. As-tu fait bon voyage ? »

Et avant même que j'aie eu le temps de répondre, ses menottes ont dénoué le papier de ma patte. Elle opère un examen minutieux de mon pansement.

Un bandage tout neuf plus tard, elle s'est assise au pied de son lit pour lire la lettre à haute voix :

« Ma douce Clara, j'ai eu la visite de ta petite pigeonne… » puis elle s'arrête en me regardant. « Pourquoi dit-elle de toi que tu es une pigeonne ? Elle n'avait pas ses lunettes ? Heureusement que tu

n'es pas susceptible, tu aurais pu te vexer et ne plus jamais revenir » me dit-elle avant de reprendre sa lecture : « je te remercie pour ton adorable petit mot qui m'a fait tellement plaisir. J'espère que tu es en pleine forme et que tu continues à bien travailler à l'école, tu sais combien c'est important, n'est-ce-pas ? Au fait, ici je n'ai pas de piscine mais il y a un grand jardin. Prends bien soin de toi ma princesse. Mille et un bisous tout doux. Mamie Pomme. »

Clara semble heureuse mais il y a comme une ombre dans son regard… ça me désole :

« Dis-moi Big Foot, tu trouves normal toi qu'elle ne me parle pas d'elle ? Elle ne me dit pas comment elle va et ce qu'elle fait de toutes ses journées. »

Alors moi sur ce coup-là, j'assume pas, je plonge la tête dans mes plumes et j'attends que ça passe… je ne suis pas une balance mouâ ! Je sais, ce n'est pas très courageux mais il ne manquerait plus que mon regard me trahisse… Elle n'a pas de parents cette petite qui pourraient lui expliquer la situation ? Encore des adultes démissionnaires… !

Clara me tend une coupelle de gâteaux secs émiettés et un récipient d'eau fraîche. Mon estomac a raison de ma fuite et je pique frénétiquement du bec pour le remplir au plus vite. Pendant ce temps la petite, installée à son bureau, écrit à nouveau à sa grand-mère. Ce qui présage un nouvel aller-retour chez Mamie Pomme et franchement, je n'avais pas prévu ça. L'avantage, c'est que maintenant, j'ai mon plan de vol et une culotte-gainante qui m'attend pour reprendre des forces, que demande le peuple ! Demain c'est ma fête et à en croire un proverbe Breton : « A la Sainte Odette, si le goéland se gratte le… heu… flanc, c'est qu'il fera mauvais temps et s'il se gratte le c… il ne fera pas beau non plus ! » Et le temps a l'air de virer… pourvu qu'il ne pleuve pas, je ne suis pas vraiment étanche et en plus, je suis très sensible aux courants d'air ! Enfin demain est un autre jour, on verra bien si je croise un goéland… Clara m'a rajouté une pelote de mohair dans mon nid de fortune et je reconnais que le confort est optimum… comment lui refuser un voyage supplémentaire ?

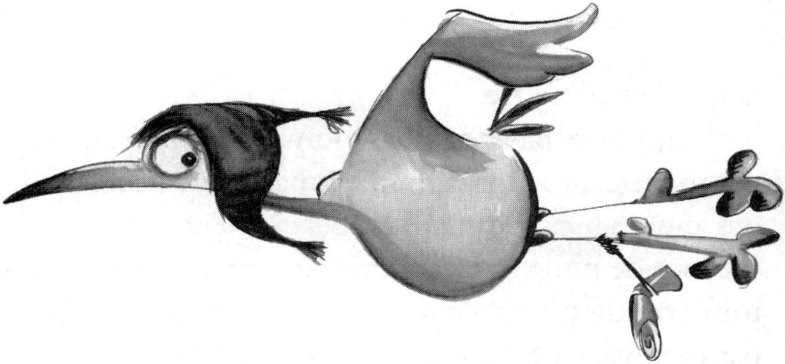

Et c'est reparti... mon kiki !

Après une nuit réparatrice, je suis plus que jamais prête à braver la tempête. Clara vient de m'accrocher mon message et de me réajuster mon bonnet. Il n'y a pour l'instant pas de vent ni de goéland mais le temps menace et il va falloir faire fissa si je veux arriver avant qu'il pleuve. 3… 2… 1… Partez… Clara secoue la main jusqu'à ce que je disparaisse derrière les toits.

Je bats des ailes frénétiquement, au-dessus de Teghime, l'ancienne décharge à ciel ouvert, ça pue et je vole en apnée... ça commence bien !

Déjà une heure de vol… et que ce soit à l'aller ou au retour, c'est systématiquement à ce moment-là que j'en ai marre.

Toujours ce paysage ! Des montagnes, du maquis, des rochers, des montagnes, du maquis, des rochers, des montagnes, du maquis, des rochers… et cette menace de pluie, sans compter les grondements du tonnerre de plus en plus forts… Tout ça ne rend pas ce voyage plus agréable que les précédents. J'en ai plein le bec, ras la plume ! Non je ne radote pas, ça me fait juste du bien de le dire ! Je ne suis que du bec parce que je l'ouvre grand, mais au final je fais quand même les choses ! Alors Odette, ferme ton bec et bats des ailes… encore plus vite ! Dernier toit et voilà le rebord de fenêtre, tant attendu… pattes en avant, et encore un atterrissage parfait et ma patte abîmée n'a pas bronché, le top !
Mamie Pomme doit être impatiente de me voir. Mais un échange verbal musclé me rappelle à l'ordre quant à mes prétentions. La bulle doit être sur le retour…

« Mais non Madame Pelucci, vous n'êtes pas un coton-tige même avec votre chemise de nuit

blanche et votre bas sur la tête ! Qu'est-ce que c'est que cette nouvelle lubie ? » lui demande un monsieur avec une blouse foncée.

Mamie Pomme se jette alors sur un gilet blanc qu'elle met sur ses épaules, les manches tombant dans le dos.

« Alors je suis un ange ! » crie-t-elle en agitant les bras pour imiter les ailes.

« Non, pas plus un ange qu'un coton tige Madame Pelucci ! Mais asseyez-vous, vous allez finir par vous faire mal ! » lui dit-il d'une voix qui se veut rassurante.

Mamie Pomme se met à sauter sur place et à gesticuler dans tous les sens. J'en ai les yeux qui sortent des orbites. Que faire pour l'aider ? Elle doit se sentir si seule dans son délire… J'opte pour sauter sur place comme elle… c'est crevant ! Subitement, son regard croise le mien et instantanément elle s'immobilise, arrache son bas, enlève son gilet, se recoiffe rapidement et, comme si de rien n'était, se dirige vers moi avec un sourire radieux sous nos regards hallucinés.

« Bonjour petite pigeonne, tu as l'air bien fatiguée, mais rentre donc ! »

« Vous allez bien Madame Pelucci ? » s'inquiète le monsieur à la blouse foncée.

« Bien sûr que je vais bien Georges, pourquoi ?… Vous trouvez que je ne suis pas en forme ? »

« Heu non, non… » fait-il surpris juste avant de s'en aller.

Mamie Pomme, tout à son bonheur de me voir, ne prend même pas la peine de se retourner. En toute hâte, elle me mélange de minuscules boulettes de mie de pain dans une cuillère de compote puis me fait signe de venir me poser sur la table. Je m'exécute dans les plus brefs délais, j'ai l'estomac qui crie famine ! Une fois le bec plongé dans la cuillère, Mamie Pomme se charge de me délester du message, puis me fait la lecture :

« Mamie chérie, je suis super contente d'avoir eu de tes nouvelles mais tu ne m'as pas dit comment tu allais et comment est ta maison. Est-ce que tu as des voisins ? Est-ce qu'ils sont gentils ? Pourquoi ne viens-tu pas me voir ? Pourquoi tu ne m'invites pas pour les vacances ? Tu me manques tellement. Je t'aime et t'embrasse plus que fort.
PS : le pied de tomates cerises que tu m'as offert est de plus en plus beau ! Et si tu venais le voir ? »

Après ça, Mamie Pomme est restée muette. Elle a pleuré les grandes écluses en silence. Me voilà bien malgré moi, témoin du désarroi et du chagrin d'une vieille femme qui se sait mal en point. Habitée par une énergie que je n'imaginais même pas, je me mets tout à coup à sautiller d'une patte sur l'autre, à tourner sur moi-même, en bref, à faire la bécasse dans le but bien précis de lui changer les idées.

À l'assaut du potager !

Elle esquisse une moitié de sourire avant de me demander :

« Et si on allait faire une petite promenade dans le potager ? Je ne m'y suis pas encore aventurée. »

Un potager ? me dis-je, je n'ai vu qu'une interminable étendue d'herbe, sans un rang de laitues et à moins de faire une confusion des genres, jusqu'à ce matin, ça s'appelait encore jardin !
Enfin tout ceci n'a pas une grande importance… elle a l'air tellement décidée… Impossible, donc, de lui refuser ce plaisir même si, à ma grande surprise, ma seule et unique envie serait de me lover dans sa gaine pour un repos bien mérité.
Elle me donne rendez-vous en bas. Les deux pattes posées sur le dossier d'une des rares chaises vides,

je l'attends. C'est fou comme l'ombre des arbres attire les personnes âgées comme la lumière les moustiques. Et pour le coup, ça piaille beaucoup autour de moi. Elle arrive à pas de fourmi, sans canne, elle joue les coquettes… Je la vois me cherchant du regard. De ma plus belle voix, je cuicuite. Mamie Pomme s'approche, les yeux furieux :

« Sors vite de cette chaise ! » m'ordonne-t-elle.

Un battement d'aile plus tard et les pattes en l'air, j'ai réagi à son ordre sans réfléchir. La position est inconfortable mais déjà elle me fait signe de m'approcher. Elle me prend pour un Yorkshire ou quoi ?

« Ecoute ma jolie, à toi je peux le dire. Après tout maintenant on est intimes et puis ton statut de pigeon me permet de tout te dire sans craindre que tu répètes quoi que ce soit ! »

Bon, là, je ne sais trop quoi en penser, parler de notre intimité après deux entrevues, c'est p't'être un peu gonflé et puis je ne suis pas sûre d'avoir envie de tout entendre… Si ça se trouve la bulle est en

train d'amorcer le virage du retour ? De toute façon, je n'ai franchement pas le choix et puis l'essentiel, c'est qu'elle pense à autre chose.

« Oui, vois-tu, continue-t-elle sur le ton de la confidence, Georgette qui est assise là-bas, et bien elle est sujette à l'herpès… »

Je l'interromps par des cuicuis affolés, des mouvements d'ailes. Tout est bon pour la faire taire, je me fous de savoir où se loge son herpès. J'ai une imagination débordante et je suis très visuelle comme femelle. Il m'en faut peu pour avoir le cerveau qui s'emballe… Et mouâ, j'ai pas l'excuse de la bulle qui fait le retour pour oublier ! Une fois que c'est lancé, pas moyen de l'arrêter et c'est susceptible de tellement me dégoûter que je peux décider de ne jamais remettre une patte dans le jardin ! En agissant de la sorte, je sauve notre relation et apparemment, elle n'en a pas l'ombre d'une idée !

« Oulala, tu m'as l'air bien énervée, un moucheron dans l'œil peut-être ? »

C'est ça, un moucheron, j'ten ficherais, en

attendant, elle a perdu le fil de son idée et ce n'est pas plus mal ! Bon, c'est pas que, mais il commence à faire un peu chaud et ça, c'est pas du tout préconisé pour un cœur vieillissant…
Mais au moment de manifester mon envie de rentrer dans mes appartements, ou plutôt ma gaine suspendue, un monsieur bien comme il faut s'approche de Mamie Pomme :

« Mes hommages de l'après-midi Madame Pelucci ! » dit-il sur un ton des plus respectueux, tout en soulevant son chapeau et en s'inclinant légèrement.

Mamie Pomme le regarde avec indifférence, pas touchée le moins du monde par sa bonne éducation. Alors que moi, Odette, je suis sous le charme. Dommage qu'il soit humain, parce qu'il serait pigeon, j'en ferais bien mon quatre heures ! C'est vraiment pas de chance, moi j'ai seulement droit aux mâles sans envergure, dénués de tout savoir-vivre et juste bons à me proposer des rencards sans lendemain sous des gouttières miteuses, quelle poisse !

« Puis-je m'asseoir ? » demande le vieil homme.

« Mon amie et moi allions partir ! » lance tout de go Mamie Pomme, les joues roses d'une collégienne gênée.

Est-ce vraiment un tour dans le potager, qui lui faisait envie ou croiser son pote âgé ? me dis-je tout émoustillée à l'idée de vivre en live leurs émois.

« Votre amie. Mais quelle amie ? » demande-t-il surpris en tournant la tête dans tous les sens.

Je ne suis pas rien quand même ? Là, sa bonne éducation fout le camp… n'était-ce qu'une couche de vernis sur son par-dessus impeccable ?

« Je vous présente mon amie pigeonne ! » lance fièrement Mamie Pomme me désignant d'un mouvement de la main très élégant, telle une star de cinéma qui monterait les marches de Cannes.

J'avoue que je suis touchée. Je bombe le torse, tends le cou et relève la tête. Comme m'a toujours dit maman, il vaut mieux être à son avantage lors d'une première rencontre, ce premier regard pourrait être déterminant pour la suite… Peine perdue. En me voyant, le vieil homme a du mal à cacher sa surprise mais, victime de sa bonne éducation, il se lève machinalement et s'incline :

« Heu… enchanté ! » dit-il.

Malgré tout, il est toujours aussi distingué le monsieur, me dis-je, c'est bien la première fois qu'un mâle me traite aussi bien. Mais l'ancien n'a d'yeux que pour Mamie Pomme qui s'en fiche royalement. Devant son manque d'entrain à mon égard, elle se lève, me donne le signe du départ et se retourne en lui souhaitant une bonne journée. Le vieil homme n'a pas le temps de sourciller que Mamie Pomme est déjà loin…

Je viens illico lui voler sous son nez avec un regard réprobateur. Elle s'arrête. Notre complicité est telle, qu'elle comprend que je trouve vraiment nul qu'elle s'en aille comme ça. Je ne sais pas si elle comprend aussi que je trouve qu'ils iraient bien ensemble mais en tout cas sa réponse me calme :

« Chère petite pigeonne, on ne mélange pas les torchons et les serviettes ! »

Ok ! Je veux bien mais qu'est-ce qu'une serviette

sinon un torchon qui a fait une prodigieuse ascension sociale ?

Je renonce à l'idée de lui faire part de mon raisonnement… notre complicité à ses limites. Je m'envole vers mon rebord de fenêtre et l'attends. Une dame avec une blouse claire l'attend aussi. Clopin-clopant, elle rentre dans la chambre, le visage souriant.

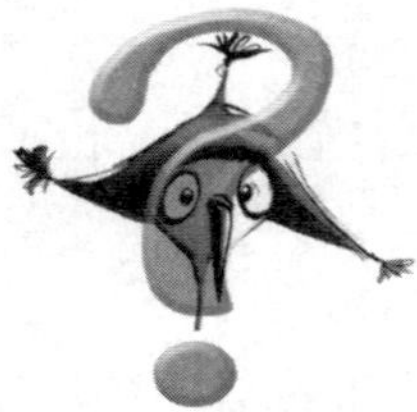

La grande question !

« Où étiez-vous passée Madame Pelucci ? Je vous attendais pour vous donner vos médicaments. »

« J'étais sortie faire un tour avec mon amie ! »

Sans plus attendre, la dame à la blouse claire dépose sur la table le verre et les comprimés, puis disparaît. Mamie Pomme semble plus en paix et s'amuse à m'émietter un quignon de pain. Elle sort de son placard du chocolat. Elle paraît avoir plus d'appétit que la fois précédente. Quant à moi, boulimique dans l'âme, j'ai l'estomac dans les griffes alors ces miettes sont les bienvenues. La vieille dame me donne même le droit de partager son verre d'eau. C'est curieux, quoique toujours sur le qui-vive du retour de la bulle, je suis plutôt sereine.

Notre grignotage fini et ses médicaments avalés,

Mamie Pomme s'étend sur son lit pour se reposer. La table de nuit est dégagée et elle m'invite à venir m'y installer pour regarder son feuilleton avec elle. Bien placées, nous voilà les yeux rivés sur le petit écran. Pourtant, ni elle, ni moi, ne paraissont très absorbées par l'histoire et à voir le peu de rebondissements, si elle loupe un épisode, elle pourra toujours suivre celui du lendemain sans souci. Elle cherche quelque chose du regard… un petit saut et deux battements d'ailes me suffisent à lui rapporter ce qu'elle veut. La main accueillante, le regard plein de gratitude d'avoir compris en silence ce qu'elle souhaitait, elle me sourit, la lettre de Clara contre son cœur.
Je me réinstalle et fixe l'écran. Mamie Pomme lit et relit la lettre de la petite fille sans arriver à détacher une seconde ses yeux du bout de papier. Soudain, elle se tourne vers moi :

« Dis-moi ma belle, penses-tu que je devrais répondre à toutes ces questions en lui disant la vérité ? »

Alors là, c'est le bouquet ! Qu'est-ce que j'en sais moi ? Je suis un simple volatile qui joue à pigeon vole depuis trois jours, juste bonne à faire le va-et-vient entre deux rebords de fenêtre et ça me convient. Je ne suis pas psy et encore moins pédo-psy alors répondre à cette question n'est pas de mon ressort.

« Alors ? Qu'en penses-tu ? » insiste Mamie Pomme.

J'ai l'impression qu'elle lit dans mes pensées. Elle a le regard profond et j'ai la sensation qu'elle est en relation directe avec mon cerveau, à défaut d'être en totale connexion avec le sien… ça c'est mon côté punaise et je l'assume. J'ai envie de bouder mais ses yeux m'implorent de lui répondre. Elle me fait de la peine. Après tout, c'est elle qui est dans la position la plus inconfortable et puis je l'aime bien… ma décision est prise, j'accepte de répondre.

Je me mets à remuer la tête pour dire oui, je suis contre les non-dits et autres mensonges aux enfants, mais ma tête, je ne la maîtrise toujours pas mieux et voilà que je me retrouve les yeux fixés sur ma queue… la position est pénible ! Tel un ressort, elle se remet en place.

« Est-ce que ça veut dire oui ? » demande-t-elle.

Bon vaut mieux que je me contente de sauter sur place, avec un peu de chance, elle comprendra mieux. Je m'exécute aussitôt !

« Si c'est oui, ressaute ! » insiste-t-elle.

Je ressaute, pourvu qu'elle comprenne sinon je vais rendre mon déjeuner… et puis j'ai passé l'âge de ces bêtises, franchement !

« Je crois que tu as raison… vouloir la protéger en lui cachant la vérité est un leurre et une façon plus confortable pour moi de fuir la réalité. Et puis, si elle venait et que je ne la reconnaisse pas, elle souffrirait tellement… et peut-être plus encore de mon mensonge. Cette idée me glace jusqu'aux os. Il faut que j'agisse dans son intérêt, même si je sais que la vérité lui fera mal. Elle a confiance en moi et je lui dois bien ça, non ? »

Je saute à nouveau pour acquiescer. Je n'en reviens pas, elle est tout à fait consciente qu'à certains moments elle perd la boule. Qu'est-ce que ça doit être dur pour elle… moi qui la prenais pour une hurluberlue ! Une fois de plus, elle me touche en plein cœur.

Je me roule en boule dans mon nid de fortune, le regard fixé sur la télé, maintenant c'est à elle de jouer…

Tout à son écriture, Mamie Pomme laisse filer le crayon sur la feuille, les mots se suivent et elle ne paraît pas les chercher, comme si tout mettre à plat était une évidence… comme si sa lettre avait été écrite dans un coin de sa tête depuis longtemps. Pourvu qu'elle ait le temps de la finir avant le retour de la bulle !… Je suis épuisée, je m'endors.

C'est la dame à blouse claire et le plateau du goûter qui nous réveillent. Mamie Pomme a bien du mal à ouvrir les yeux, elle a dû piquer du nez sur sa feuille un peu après moi. Soudain l'œil hagard, elle s'assoit et insulte la dame à la blouse claire :

« Vous n'avez rien à faire ici, sortez petite sotte, personne ne vous a invitée à mon goûter d'anniversaire ! Et puis je veux des bonbons, des berlingots et du chocolat ! »

J'ai le croupion scotché à la table de nuit et les yeux tellement ouverts que je ne sais pas si j'arriverai un jour à les refermer !

« Madame Pelucci, calmez-vous… »

« Je suis très calme, je veux juste des bonbons ! »

Catastrophe, la bulle fait le retour. Combien de temps mettra-t-elle à faire la traversée ? Clara n'est pas prête de me revoir... et la lettre encore moins !
Je secoue les ailes et me remets sur mes pattes, Mamie Pomme tourne la tête :

« Coucou petite pigeonne, tu as bien dormi ? »

Incroyable, j'ai sur elle un effet zapette ! Dès que je secoue les ailes et que ses yeux se posent sur moi, c'est comme si elle changeait de programme et qu'elle passait d'un film de science-fiction à la réalité en un clin d'œil.
Puis, comme si de rien n'était, elle s'adresse à la dame à la blouse claire :

« Qu'est-ce qu'il vous arrive ? Vous pouvez me lâcher la main, je n'ai encore besoin de personne pour me lever ! »

Waouh ! Elle a réussi à refouler la bulle, pourvu que ça dure !

Assises, elle à table et moi sur le dossier de la chaise qui lui fait face, nous dégustons notre goûter le plus normalement du monde. En fond sonore, on a droit à un feuilleton allemand, l'histoire d'un benêt qui essaie de ne pas l'être mais qui n'y arrive pas… ça s'appelle « Le destin de Bruno » ; le titre idéal aurait dû être « Le karma du nigaud » ! Je ne voudrais pas dire, mais ils ne sont pas très doués les Allemands pour les séries télévisées. Ce sont les Américains les meilleurs et je sais de quoi je parle. J'en ai regardé des tas, durant tout un hiver, quand j'habitais nichée sous la fenêtre d'une ado boutonneuse qui laissait la télé allumée toute la journée. Et j'adorais ça… même si la place des pigeons dans les scénarii n'était reléguée qu'au second plan ! Mamie Pomme se lève d'un coup :

« Bon, et bien je te laisse un moment, j'ai rendez-vous avec mon docteur. Ce n'est pas que ça me passionne, mais il pense qu'en me faisant dessiner des formes géométriques et en me demandant de les colorier sans dépasser, ça va m'aider. J'en doute mais dans le cas où je serais dans l'erreur, si ça pouvait me permettre de revoir ma petite Clara, je serai la grand-mère la plus heureuse du monde… »

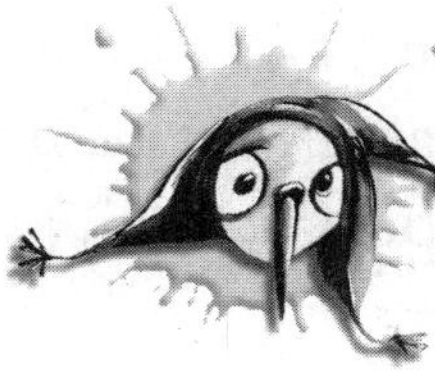

Une rencontre inattendue

Son châle sur les épaules et sa canne bien en main, elle quitte la pièce d'un bon pas. Ah ! Enfin seule, c'est pas que la présence de Mamie Pomme m'ennuie mais j'avoue que mon rôle de pigeonne de compagnie par intérim m'épuise. Je vais aller me dégourdir les ailes… Un petit vol au-dessus de la ville me changera les idées.

Une fois les deux pattes sur le clocher, j'admire le cœur plein d'émotion la vue imprenable sur la ville et plus encore, sur la côte et son horizon. J'écarte les ailes pour garder l'équilibre. La brise me caresse les plumes… j'ai l'impression d'être Kate Winslet sur le pont du Titanic. Je crois bien avoir vu ce film une bonne dizaine de fois, l'ado boutonneuse le faisait tourner en boucle… Bon c'est vrai aussi qu'il me manque le blondinet version pigeon pour faire comme dans le film, mais c'est parce qu'à l'époque, les femelles ne savaient pas qu'elles pouvaient faire ça toute seule. La preuve, moi, j'y arrive bien !

Un bruit effrayant me fait sursauter et me colle contre la colonne en pierre. Là, tout juste à ma droite un immense oiseau argenté qui porte beau vient d'atterrir :

« Heu, excusez-moi si je vous ai fait peur ! »

Peur ? me dis-je, mais c'est pas le terme mon grand, c'est bien pire que ça, j'ai failli mourir d'une crise cardiaque. Et je m'entends lui dire tout à coup :

« Vous ne m'avez pas fait peur… juste un peu surprise ! »

Qu'est-ce qu'il me prend de dire l'inverse de ce que je pense ? Ça doit être l'altitude… oui, je ne suis pas du genre midinette capable de chavirer devant les charmes du premier venu, même s'il a cinq têtes de plus que moi et le plumage ravageur…
Bref, ce n'est pas le tout mais il n'est pas très causant l'animal ! Nous voilà tous les deux le regard dans le vide. Du coin de l'œil, je l'observe, je suis un peu

gênée. J'ai envie de partir mais je ne voudrais pas qu'il croit que je m'en vais parce qu'il est là…

« Il fait beau ! » lâche-t-il soudain dans un cuicui rocailleux.

« Oui très ! » j'lui réponds avec un automatisme qui soudain m'effraie.

Et c'est reparti pour un silence qui n'en finit plus. Je le jauge du coin de l'œil, de haut en bas, de bas en haut… pas mal, pas mal du tout le mâle. Bon c'est pas que… mais j'en avais presque oublié mes obligations, il est temps que je m'en aille.

« Bonne soirée ! » fais-je en m'envolant.

« Ne partez pas, je ne sais même pas comment vous vous appelez ? Et j'aimerais bien vous revoir… »

Prolixe le mâle… il a fallu que je m'envole pour qu'il s'affole, c'est un peu facile ! Je me retourne :

« Odette, je m'appelle Odette… »

« Est-ce qu'on se reverra ? » demande-t-il.

« Je ne sais pas… » dis-je en m'éloignant.

« Je serai là demain et après-demain et les jours suivants… je vous att… en… drai… » cuicuite-t-il à pleins poumons, essayant ainsi de couvrir le son des cloches.

Il est 18h. Je suis en retard ! Je bats des ailes comme si ma vie en dépendait… comme si j'allais me transformer en souillon après avoir perdu ma tong de vair (plus pratique pour mes trois doigts !) : Moi, Odette en Cendripigeon ou pigeon-drillon ? Mais où va-t-on ? J'ai pas de tongs, d'abord !

Je suis déjà loin et il est hors de question que je fasse demi-tour pour lui répondre. 'Manquerait plus qu'il s'imagine que je suis prête à lui picorer au creux de la plume, ou pire, que je suis une pigeonne de «petite vertu. Le laisser macérer dans le doute me semble être une tactique très judicieuse. Est-ce mon côté sadique ? Non, je suis juste sensible aux relations mâle-femelle. Pour ça les feuilletons américains ça aide mais dans ce cas, c'est simplement une prise de contact goéland-pigeonne, pas de quoi pirouetter en plein vol !

Plus que trois battements et me voilà arrivée. Les pattes sur le rebord de la fenêtre, je surprends Mamie Pomme en train d'écrire. Elle m'accueille avec un sourire radieux et qui me fait aussitôt oublier mon dragueur du dimanche.

Inquiétude

Je suis contente de te voir, j'ai cru que tu étais partie ! »

Je viens me poser sur son épaule, histoire de la rassurer, lui faire comprendre que je ne partirai pas sans la lettre et encore moins sans lui dire au revoir. Je sens que ça lui fait plaisir.

Consciencieusement, elle continue à écrire, rature ici et là, froisse la feuille et recommence… jusqu'à l'arrivée de la dame en blouse claire avec le plateau repas. La pension, ici, est franchement agréable, et la vie y est rythmée par les plateaux repas. Tout est réglé comme une montre suisse et il n'y a pas de place pour l'imprévu, le parfait argument d'inscription pour la vieille célibataire que je suis.

Le repas sent bon et j'ai faim. Mamie Pomme a mis de côté sa lettre et prépare ma coupelle de miettes trempées dans du yaourt aux fraises, le top ! Le mets idéal pour un palais aussi délicat que le mien. La télé est branchée sur l'émission-jeu de Julien Lepers (présentateur qui sourit en parlant, même pour ne rien dire !). L'émission préférée des mémés... Qu'est-ce qu'il m'agace ! Il se la pète en houspillant les candidats pour qu'ils répondent alors qu'il a la réponse sous les yeux, gonflé le mec ! Mamie Pomme me tend ma coupelle. Je plante le bec dedans avec un plaisir immense. Elle fixe l'écran toutes les deux bouchées et tente, tant bien que mal, de répondre aux questions. Elle devait en connaître un rayon en culture générale parce que même si elle a aujourd'hui la mémoire d'un bulot et qu'elle ne trouve pas toujours le mot exact, elle s'en rapproche souvent avec un synonyme. Ce qui me rend furieuse, c'est que si elle avait été inculte, le fait qu'elle perde la mémoire aurait été un moindre mal, un peu comme le dernier cheveu sur la tête d'un chauve... mais là c'est d'autant plus douloureux que ça n'est pas le cas. Je sens que sa perte de faculté la contrarie. Elle reste silencieuse puis détourne la tête avant d'éteindre la télé.

Il est temps pour moi de rejoindre mes appartements. Mamie Pomme en profite pour remettre au propre sa lettre pour Clara. Je m'endors aussi sec.

Un trou dans la gaine, au niveau de la fesse gauche, laisse passer un rayon du soleil. La lumière me réveille. J'ai dormi d'un trait. Maudit trou ! Trou de mémoire me vient soudain dans un automatisme qui m'effraie. Ce trou-là peut être raccommodé… me dis-je, alors qu'il n'existe aucune pièce pour celui de Mamie Pomme. Situation aussi ridicule qu'un pneu crevé sans rustine. Je pointe ma tête hors de la gaine. La vieille dame est assise dans son lit, elle relit sa lettre. J'attire son attention d'un cuicui.

« Enfin réveillée ? As-tu bien dormi petite pigeonne ? »

Je tape de la patte pour répondre oui. La gaine se balance. Pendant qu'elle roule la feuille, j'en profite pour faire un rapide brin de toilette.

« Avant que le petit-déjeuner arrive, viens me voir que je t'accroche la lettre à la patte ! » insiste-t-elle.

Elle commence par ma patte faiblarde et avec la plus grande délicatesse se charge de m'enlever définitivement mon pansement, estimant que je n'en ai plus besoin. Puis à l'autre, avec la même attention, elle m'attache le précieux bout de papier avec un joli ruban mauve.

« Prends-en soin, petite pigeonne, je ne sais pas si j'aurai le courage d'en écrire une autre ! Ça m'a demandé beaucoup d'énergie pour trouver les mots qui expliquent sans faire peur et je ne sais même pas si j'y suis parvenue… Tu penses que tu seras arrivée pour Noël ? »

Oh ! Je ne me vexerai pas et ne veux pas paraître prétentieuse mais on est au mois de juin alors j'ai le temps de faire dix fois le tour de l'île avant Noël. La bulle doit être en train d'amorcer le retour… pourra-t-elle bloquer sa traversée encore longtemps ? Pas le temps d'attendre la réponse, la dame en blouse claire rentre :

« Bonjour Madame Pelucci, avez-vous bien

dormi ? »

« Oui très bien, répond Mamie Pomme enjouée, et vous Josette ? »

« Bien, mais je ne m'appelle pas Josette mais Pélagie comme ma grand-mère… » dit-elle gentiment en posant le plateau sur la table.

« Merci Odile ! » lance Mamie Pomme à son intention.

« Est-ce qu'elle a mal entendu ou est-ce que ce sont les prémices d'un nouvel assaut de la bulle ? » m'inquiète-je.

Pélagie se retourne, la bouche ouverte pour répondre et croise à brûle-pourpoint mon regard qui la supplie de passer outre… elle me fait un clin d'œil puis referme la bouche et la porte.

Mon petit déjeuner avalé, j'ai curieusement du mal à quitter Mamie Pomme et la réciproque semble vraie. Elle me fait mille et une recommandations et me conseille même de voler en rase-motte pour éviter les réacteurs des avions ! J'adore cette grand-mère, elle me prête des qualités que je n'ai pas. Si seulement elle savait que passée une certaine altitude, je deviens asthmatique et que ça m'impose de ne pas m'éloigner trop loin du sol, ça changerait certainement son point de vue sur la pigeonne que je suis.

Bref, il est maintenant temps que je m'envole… Mais une larme coule sur sa joue et ça, ça ne faisait pas partie du programme. Bouh ! Il faut faire vite pour enrayer un éventuel flot de larmes qui pourrait la submerger et par la même occasion, me noyer dans une inertie que j'aurais bien du mal à assumer. Je me pose sur son épaule et pour la première fois, je lui caresse le cou avec ma tête… les minutes passent et le temps semble se figer. Pourtant une petite voix, in petto, m'intime de partir sinon je risque de voyager avec les grosses chaleurs.

Je saute sur la table et passe d'une patte à l'autre, pour faire à nouveau la bécasse, et provoquer dans ses yeux une petite lueur d'apaisement qui me donnera le droit de partir. Elle se met à rire, ce qui signifie pour moi le top départ…

La lettre

Petites flexions et je m'élance dans les airs, le cœur lourd de laisser cette petite grand-mère. Je ne comprends pas ce malaise et au bout de quelques minutes de vol, je finis par accepter l'idée que je me suis attachée à elle. À moins que je ne sois sensible à la jolie relation qui la lie à sa petite-fille ou peut-être que j'ai simplement pris conscience du côté éphémère de la vie… ou peut-être tout ça à la fois !

Déjà une heure de vol… et comme à chaque fois, à ce moment-là, j'en ai marre. Toujours ce paysage ! Des montagnes, du maquis, des rochers, des montagnes, du maquis, des rochers, des montagnes, du maquis, des rochers… et cette chaleur… Tout ça ne rend pas ce voyage plus agréable que les précédents. J'en ai plein le bec, ras la plume ! Me

voilà sur le même registre de litanie que les voyages précédents ! J'en peux plus, je transpire et d'ici peu, j'aurai des auréoles sous les plumes… !
De toute façon au point où j'en suis, autant battre des ailes encore plus vite, le voyage sera plus court ! C'est d'une logique qui me cloue le bec. J'opère un petit détour pour éviter la décharge et me voici au-dessus de la grande bleue. Je fais la course avec le Ferry et je me réjouis de gagner. Bon d'accord, c'était couru d'avance mais pourquoi se priver d'un petit plaisir qui flatte l'égo ?

Super, le clocher de St Jean me fait de l'œil, je suis à deux plumes d'arriver. Une cheminée… deux cheminées… une antenne de télé… petit piqué et le rebord fleuri de Clara m'attend. Les pattes enfin posées, je peux souffler. La fenêtre est entrouverte mais la petite fille n'est pas là. Il fait chaud. Je saute dans le pot de fleurs et me mets à l'abri sous les feuilles. Le croupion au frais dans la terre tout juste arrosée et l'air dans les feuilles font de ce pot de fleurs un havre de paix. Le ruban mauve du message se balance doucement contre le pot avec un léger bruit hypnotisant. Je m'endors.

« Big foot, t'es de retour ! » laisse éclater sa joie

Clara en entrant dans sa chambre et en jetant son cartable par terre.

Je sursaute, le bec pâteux et les yeux dans le brouillard. Clara fait glisser ses doigts sur mes ailes. J'interprète ça comme une sorte de remerciement pour service rendu… si elle savait à quel point la mission qu'elle m'a donnée va au-delà de mes attributions, elle me caresserait pendant huit jours !

« Alors c'était bien avec Mamie Pomme ? Elle t'a fait des gâteaux ? »

Que répondre à ça ? Je reste muette, pas le moindre cuicui ne sort de mon gosier.

Doucement elle retire le message de ma patte, je lis dans ses yeux à la fois l'excitation et l'appréhension, comme si elle savait que ce qu'elle allait lire chamboulera sa vie. J'ai peur de sa réaction, je voudrais m'envoler loin et très vite mais il faut aider le mieux possible cette petite fille qui va avoir du chagrin…
L'abandonner serait d'une lâcheté que je ne pourrais jamais me pardonner. Je cogite pendant que Clara me manipule la patte pour vérifier que tout va bien. Cette enfant est un véto en herbe !

Maintenant qu'elle s'est rassurée, elle s'assoit sur son lit et déroule le message avec une délicatesse rare chez les enfants. Elle tient entre ses petits doigts le seul lien qui lui reste avec celle qu'elle aime de tout son cœur. Le mien tambourine tellement fort que j'ai l'impression qu'il résonne dans toute la pièce. Je me réfugie dans le coffre à jouets. Je me cale entre deux peluches afin d'essayer d'atténuer l'incessant bruit assourdissant qui fait écho dans tout mon corps « Badambadoumbadambadoum ». Il ne s'agit pas de déranger la petite. Je me sens tellement mal que j'ai la sensation que l'ours sur ma droite va finir par me coller un coup de paluche qui me fera traverser la pièce en ventral dans un temps record… et ce n'est pas le hamster tout pelé sur ma gauche qui pourra me donner un coup de patte ! Il faut que je me calme ou je vais devenir parano.

« Génial, s'exclame la petite qui a déroulé dans sa totalité le message, sa lettre est super longue, t'as dû en baver pour la rapporter, bravo ! »

Clara commence à la lire :

« Ma petite chérie, quelle bonne idée tu as eu là

de m'envoyer ta petite pigeonne !… »

La petite, le regard plein de compassion, s'arrête soudain :

« Je suis désolée Big foot, Mamie ne se fait pas à l'idée que tu sois un mâle et elle est à des kilomètres d'imaginer que tu es homosexuel, tu sais, c'est pas de son époque. Il ne faut pas lui en vouloir ! »

Alors là ma petite, me dis-je, si tu savais comme je m'en fiche, tu peux m'appeler Toussaint ou Josiane et même penser que je sors tout droit de la « Cage aux folles » parce que, dans l'état de stress dans lequel je me trouve, rien ne me touche.

Puis, elle reprend la lecture pendant que je ferme les yeux :

« Je suis très heureuse d'avoir eu de tes nouvelles… Tu me manques tellement… Te souviens-tu de l'histoire de Lady Cutelittle Apple, cette petite taupe couleur golden que tu aimais tant, et qui m'a valu, dès la première lecture, que tu me baptises Mamie Pomme ? Te souviens-tu qu'elle passait son temps à oublier des choses, parce qu'elle était un peu tête en l'air ? Te souviens-tu, aussi, du nombre

de fois où tu m'as demandé de t'inventer la suite ? Et bien aujourd'hui je vais te la raconter… Lady Cutelittle Apple avait bien vieilli et elle était maintenant l'heureuse grand-mère d'une adorable petite-fille répondant au joli prénom de Miss Lovelysweet. Toutes deux adoraient être ensemble et en profitaient pour faire et partager mille et une activités dès qu'elles se retrouvaient… elles ne s'ennuyaient jamais, le temps passait toujours trop vite et les au revoirs étaient toujours très douloureux même si elles savaient qu'elles se reverraient le lendemain.
Et puis un jour Lady Cutelittle Apple avait dû déménager loin de chez sa petite-fille, sans avoir le temps de lui expliquer pourquoi. En fait, la vieille taupe oubliait des choses de plus en plus souvent… pas qu'elle avait envie de les oublier mais son cerveau devenait de plus en plus paresseux. Au début, c'était des petits riens du tout et puis elle avait toujours entendu dire qu'elle était tête en l'air alors elle ne se faisait pas de soucis. Mais au fil du temps, elle oubliait des je-ne-sais-quoi de plus en plus importants dont certains la mettaient en danger sans qu'elle ne s'en rende compte. Alors, des taupes bien attentionnées avaient décidé de la mettre en sécurité dans une grande et belle maison

pleine de taupes comme elle qui oubliaient tout. Elles étaient entourées de nombreuses autres taupes très gentilles qui prenaient soin d'elle. Lady Cutelittle Apple s'était rendue compte au fil des jours qu'elle n'oubliait pas que les rikiki insignifiants mais aussi de merveilleuses petites choses qui lui mettaient des papillons dans les yeux et dans la tête ! Elle savait que ça ne s'arrangerait pas et qu'elle oublierait tout d'ici peu et ça, ça lui faisait mal parce qu'il y avait une fabuleuse petite chose à laquelle elle se rattachait tous les jours, c'était le souvenir délicieux de sa petite-fille. Et l'idée que sa tête lui joue le vilain tour d'oublier jusqu'à cette dernière frimousse la rendait très malheureuse. Il fallait pourtant se rendre à l'évidence : un jour elle oublierait jusqu'à son prénom… mais ce qu'elle savait, c'est que même si sa tête se vidait de tout souvenir, elle garderait, quoi qu'il arrive, les plus beaux avec Miss Lovelysweet au fond de son cœur pour toute la vie…

Je sais que ce n'est pas la suite que tu aurais voulu lire mais c'est la seule qui soit vraie aujourd'hui ma petite chérie… Chaque jour qui passe en pensant à toi me remplit de papillons multicolores. Tu es dans mon cœur et tu y resteras à tout jamais. Et je te remercie de m'aimer autant. Ne te fais pas de soucis pour moi et n'en veux pas à ton père de vouloir te protéger. Il est peut-être préférable qu'on ne s'écrive plus… je ne sais pas dans quel état je serai demain et encore moins après-demain…

Merci d'avoir fait de moi la grand-mère la plus fière et la plus heureuse du monde… Je t'aime. »

Je rouvre les yeux, je ne suis pas vaillante. Clara a les joues trempées de larmes et le nez gonflé de chagrin. Elle ne cesse de crier en boucle que ce n'est pas juste, que la vie est injuste ! Qu'est-ce que je peux faire ? Comment apaiser sa peine, sécher ses larmes ?

Je m'extirpe de ma cachette et abandonne mes copains d'infortune pour trottiner vers son lit. Je m'envole et atterris bien vite sur sa couette moelleuse. La petite fille ne me regarde même pas et c'est peut-être mieux. Je ne suis pas sûre de pouvoir soutenir son regard embué, triste. Je reste là sans bouger…

La colère de Clara

Les heures passent, sans un bruit, jusqu'à l'arrivée de sa mère :

« Ma chérie ? C'est maman, tu es rentrée ? »

« Comment peut-elle avoir l'air aussi bien avec ce qui arrive à Mamie Pomme ? À ton avis, elle fait semblant ou est-ce qu'elle s'en fiche, hein ? Tu le sais toi ? »

Elle est bien mignonne la petite mais répondre à une phrase complète c'est du domaine de l'impossible. Moi je me cantonne à répondre en sautant pour oui ou pour non et c'est déjà énorme.

La porte de sa chambre s'ouvre et la tête de sa mère apparaît :

« Pourquoi tu ne me réponds pas, ma puce ?… Oh ! Mais tu pleures ? » fait-elle en se rapprochant du lit.

Là, c'est chaud pour mon matricule, il faut que je me planque ! Mais où ? je me jette sous l'oreiller. Clara a le regard aussi éveillé qu'une branche de céleri mais elle paraît rassurée que je me sois cachée. À mon avis, ses parents ne sont pas au courant de mon existence… et voilà comment on se retrouve complice à son corps défendant.

Sa mère s'assoit au bord du lit et se penche vers elle, avant de laisser s'échapper un flot de questions :

« Qu'est-ce qu'il t'arrive ma fille ? Un problème à l'école ? Une mauvaise note ? Une dispute avec une copine ? Une peine de cœur avec un petit amoureux ?… »

« Non ! » cingle la petite fille qui, de toute évidence, n'a pas envie de parler.

Mais c'est bien mal connaître les mamans.

Les vraies ne se contentent jamais de ce genre de réponses et ont même la capacité extraordinaire de pouvoir saliver pendant des heures sans lâcher l'affaire. Celle de Clara semble très entraînée dans cette discipline. La petite fille explose :

« Pourquoi ? Pourquoi ne m'avez-vous rien dit ? Pourquoi m'avez-vous menti ? »

« Mais… mais qu'est-ce que tu racontes ? On t'aurait menti sur quoi ? Je ne comprends rien, explique-toi !»

Les larmes coulent de plus belle sur ses joues rouges de colère et entre deux spasmes, elle se surprend à hurler le nom de sa grand-mère. Cette réponse plombe un peu plus l'ambiance et, curieusement aussi, l'oreiller sous lequel j'ai trouvé refuge. J'ai maintenant la tête écrasée contre la tête de lit et pas moyen de faire autrement.

« Co… comment ça, ta grand-mère ? » bégaye sa mère dont la voix trahit un malaise.

« Oui, Mamie Pomme, tu as bien entendu ! gronde la petite fille, quand alliez-vous m'annoncer que vous l'aviez abandonnée à « l'Âge d'or » ?

Quand alliez-vous me dire qu'elle perdait la tête ? Quand… dis-moi quand ? Puisqu'à chaque fois que je vous posais des questions trop insistantes, j'avais le droit à un : Clara ce sont des affaires de grands ! Tu parles !!! »

« Mais qui t'a dit ça, chérie ? s'inquiète la maman, as-tu surpris une conversation avec ton père ? »

« C'est pas le problème de savoir comment je l'ai appris, tu ne réponds pas à la question, s'énerve Clara, quand alliez-vous me le dire ? Est-ce que vous envisagiez de me le cacher encore longtemps ? Vous m'avez prise pour une andouille… Je n'arrête pas de demander des nouvelles de Mamie Pomme depuis des semaines… et quand vous me disiez que tout allait bien, je prenais vos réponses pour des vraies alors qu'en fait, vous êtes des menteurs ! Vous avez fait semblant et vous m'avez mis le cœur en mille morceaux… Je vous déteste ! »

« Oh, chérie, je t'en prie, supplie sa mère les larmes aux yeux, les choses sont tellement plus compliquées qu'elles n'y paraissent… jamais nous n'avons voulu te faire du chagrin, au contraire… »

Cette femme a l'air si mal… tout comme moi

d'ailleurs, je n'en peux plus, il faut que je me dégage, juste suffisamment pour laisser à nouveau le sang irriguer mon cerveau, sans quoi une mort imminente viendra s'additionner au drame ambiant. Petit mouvement de queue à droite, petit mouvement de queue à gauche et au moment de reculer la patte…

« AAAhhhhhhhh ! » hurle la maman terrifiée.

« C'est rien ! » répond d'autorité Clara.

« Clara, soulève-moi tout de suite cet oreiller ! »

Oh ! Non pitié… Comment va-t-elle réagir en me voyant ? Je m'immobilise et me recroqueville comme un bretzel. Fatiguée, la petite fille s'exécute… l'oreiller retiré, je me retrouve à l'air libre et le flux de sang qui me monte d'un coup au cerveau me donne le tournis… je vais être malade…

« Mais qu'est-ce que c'est que ce truc ? » hurle maman.

Ce truc, ce truc, non mais pour qui elle se prend celle-là ? Jusque-là, je suis restée polie mais je peux faire preuve de très mauvaise éducation… tiens, la preuve, je vomis…

Clara, inquiète, saute du lit et me porte dans mon nid. Elle fait abstraction des remontrances de sa mère. Ils sont vraiment forts ces parents, elle a réussi à détourner la conversation pour retomber sur ses pieds en focalisant sur moi. La petite fille me caresse et m'essuie le bec avec un coton humide… ça va déjà mieux. La pression redescend et sa mère a fini par se taire… il était temps ! A tâtons, elle se rapproche de sa fille.

« Dis-moi, où tu as récupéré cet oiseau ? »

Non mais il se prend pour qui, le tailleur tiré à quatre épingles ? Madame ose jouer les offusquées alors que je suis la seule à avoir pris en considération la peine de sa fille ! Moi, je serais elle, je la mettrais en veilleuse, c'est un peu facile de la ramener maintenant que le plus gros du boulot a été fait ! Et ce boulot, c'est mouâ qui l'ai fait et il serait bon qu'elle le sache.

Là-dessus Clara lui raconte notre rencontre, précise que je m'appelle Big foot et dans le même élan, lui avoue que je joue le facteur entre elle et sa grand-mère. Sa mère fait immédiatement la corrélation entre la colère de sa fille et l'élément déclenchant. J'ai la sensation qu'elle est épatée par la débrouillardise de sa fille.

« Ecoute ma puce, dit-elle plus calme, je pense qu'il est temps que nous t'expliquions tout mais je souhaiterais que ton père soit là. Ce soir, il rentre tôt et nous parlerons tous les trois. »

Elle a l'air d'avoir oublié ma présence et tant mieux ! Avant de quitter la pièce, elle tente d'embrasser sa fille qui recule et refuse la moindre marque d'affection. Elle n'est pas prête, elle a mal et a besoin de se retrouver seule. Une fois la porte fermée, Clara vient vers moi :

« Dis-moi Big foot, est-ce que tu trouves ça juste, toi ? Ils m'ont menti alors qu'ils m'ont toujours dit que la vérité était la chose la plus importante pour faire confiance… Est-ce que ça veut dire que je ne pourrai plus jamais leur faire confiance ? »

L'explication

J'ai beau en connaître un morceau sur l'incohérence des adultes, et en particulier chez les humains, il n'est pas dans mes attributions de lui en faire part. Je baisse les yeux afin de lui faire comprendre qu'elle ne tirera aucune info de moi. Pour une fois, je suis bénie des Dieux, le « Pan » d'une porte retentit, ça doit être son père. Les affaires sérieuses vont commencer et je ne tiens pas à y assister. Le linge sale se lave en famille, à ce qu'on dit et je ne fais pas partie de celle-là… j'avoue même égoïstement que dans le cas présent, ça m'arrange.

« Bon, ben faut que j'y aille, me dit Clara la larme à l'œil, est-ce que tu veux venir avec moi ? »

Je fais un demi-tour sur moi-même et lui montre ma queue ; ma décision est ferme et définitive, je ne bougerai pas d'ici.

« J'ai compris ! » dit-elle sur un ton neutre en sortant de sa chambre.

Ouf ! Une bonne chose de faite, je vais pouvoir m'occuper un peu de moi, en attendant son retour. Profiter des derniers rayons avant qu'ils ne disparaissent me rend joviale ! Afin de jouir pleinement de ce bain de soleil, je m'appuie contre la fenêtre. La luminosité me fait « clignoter » des yeux (Ben ouais, les autres clignent des yeux et mouâ, je clignote des yeux !) et la chaleur m'enveloppe… c'est bon et je suis bien ! Je savoure l'instant présent…

Je ne sais pas exactement combien de temps la discussion a duré mais lorsque Clara est revenue, elle était plus bouleversée encore qu'avant de quitter la pièce.
Elle s'est jetée sur son lit et a pleuré et puis crié, la tête dans son oreiller pour atténuer le bruit. La voir dans cet état me retourne les tripes et le reste, je me sens tellement impuissante… Il y a un vieux

dicton qui dit « Il faut laisser le temps au temps... » Et s'il dit vrai... combien de temps, le temps a-t-il besoin pour atténuer le chagrin ? Est-ce que Clara aura la patience d'attendre que le temps prenne son temps ? Mon cerveau carbure à toute allure et même si mon raisonnement s'affûte, l'hypothétique réponse s'éloigne...

Clara relève la tête, s'essuie le visage avec un mouchoir et s'approche de moi. Je me tiens droite, le buste en avant je suis prête... à quoi ? Je ne sais pas mais je suis prête !

« Si tu savais comme je suis triste, me murmure Clara, je viens de discuter longuement avec mes parents, surtout avec papa. Il me devait des explications. J'ai enfin compris pourquoi, dans sa lettre, Mamie Pomme me demandait de ne pas lui en vouloir. Mais je n'y arrive pas et le plus dur, c'est que je m'en veux de lui en vouloir, c'est dingue, non ?... »

Oh, alors là, c'est un sentiment que je connais bien... me dis-je, et dernièrement ce sentiment m'a poussé jusqu'à « l'Âge d'or ! »

« Et puis son excuse pour ne rien m'avoir dit, simplement pour me protéger, me met en colère, parce que finalement, il m'a fait plus mal. Il avait l'air tellement surpris que je sois au courant alors qu'il avait pris toutes les précautions pour que ça n'arrive pas, qu'une fois que je lui ai tout raconté, il en est resté bouche-bée. Et puis, il s'est rendu compte qu'il était temps de tout me déballer, que je n'attendais qu'une chose : La vérité !
Avec des mots assez simples, il m'a raconté comment et pourquoi Mamie Pomme s'était retrouvée dans cette maison et combien ça lui avait été difficile de prendre cette décision. Il m'a expliqué de quoi elle souffrait et ça s'appelle : Alzheimer. On dirait le nom d'un général des armées ou un gros mot dans une langue étrangère mais en fait c'est comme un ver dans une pomme, qui grignote tout sur son passage, jusqu'au trognon ! Dans le cas de Mamie Pomme, le ver mange sa mémoire petit à petit et il n'y a rien qui puisse l'arrêter. À en croire papa, un jour elle ne se souviendra de rien, ni de lui, ni de moi… et un jour encore plus loin, elle oubliera même de respirer ! Il dit que c'est très triste de la voir quand elle a des crises d'oubli et que c'est pour cette raison qu'il n'a rien voulu me dire… pour m'éviter d'avoir de la peine.

« Alors tu vas la voir ? je lui ai-dit, mais quand, puisque tu es toujours à la maison le soir et le weekend ? »

Et tu sais ce qu'il m'a répondu ?… Quand tu es à l'école, pour ne pas éveiller tes soupçons ! m'a-t-il avoué un peu gêné, en rajoutant que c'était juste pour m'épargner.

Je trouve ça plus que nul, parce que Mamie Pomme et moi, on s'aime tellement fort, que rien que de se voir, on a tous les souvenirs qui nous reviennent en tête ! Mais papa dit que c'est plus compliqué que cela. C'est marrant quand les adultes restent sur leurs positions, ils les légitiment toujours par : « c'est plus compliqué que ça ! » comme si j'étais trop débile pour comprendre ! Moi ce que j'en dis, c'est qu'il se trompe et que Mamie Pomme aussi se trompe et que si papa ne veut pas m'emmener la voir, je continuerai à lui écrire parce que mes lettres l'obligent à se souvenir et que ça rend plus difficile le chemin de cette saleté de bestiole qui lui mâchouille le cerveau et que personne, pas même les médecins, ne peut se rendre compte de tout l'amour qu'il y a entre elle et moi… Et qu'elle m'a toujours dit que c'était une force et qu'avec ce cadeau-là, on pouvait tout affronter… »

La boîte à secrets

La petite est remontée comme un coucou, ses larmes ont séché et son regard a changé, il est plus déterminé que jamais. Elle me regarde droit dans les yeux, on dirait qu'elle essaye de lire à l'intérieur de moi et j'ai bien du mal à soutenir son regard. Ça y est, j'ai les yeux qui piquent juste parce que j'ai voulu faire ma maligne en ne les baissant pas. Heureusement pour moi, Clara détourne les siens pour sauter sur une feuille :

« Pas de temps à perdre Big foot, je vais écrire une lettre tout de suite que tu pourras lui porter dès demain matin. Qu'est-ce que tu en penses ? »

Est-ce que j'ai le choix ? Non. Alors, savoir ce que j'en pense n'est pas bien important sinon de réaliser maintenant que je ne suis pas près d'arrêter mes allers-retours ; et j'avoue que ça me pèle…

Qu'est-ce qu'elle croit, que je me lève tous les matins en me demandant comment remplir le vide intersidéral de mon existence ? La barbe !
Bien sûr que je me suis prise d'affection pour la mémé et la petite mais sincèrement, depuis 10 jours, je ne fais que ça…

C'est vrai aussi que je dois à Clara de ne pas avoir servi de repas à un matou ou succombé à la mort atroce due à ma blessure gangrenée… mais combien de temps encore dois-je me sentir redevable ? Est-ce que je lui dois ma gratitude éternelle ? Et dans ce cas, je serai morte avant… Bon d'accord, j'exagère peut-être un peu… mais… Clara m'interrompt :

« Tu vois cette boîte rose, Big foot et bien, c'est Mamie Pomme qui me l'a offerte, me montre-t-elle de l'index, elle l'avait confectionnée spécialement pour moi… elle est jolie, non ? »

Mes yeux obéissent à son doigt et s'arrêtent sur un ravissant coffret posé sur l'étagère, entre une figurine en céramique et un œuf de Pâques peint à la main.

« Et bien, reprend-elle de plus belle en se levant pour l'attraper, nous avions un rituel. Chaque fois quė nous étions ensemble, juste avant de nous quitter nous cherchions un petit bout de quelque chose comme souvenir de ce moment passé ensemble… »

Clara l'ouvre avec le visage radieux de quelqu'un qui sait qu'il détient entre ses mains un trésor… très fière, elle me montre son contenu… Quel bazar ! me dis-je, mais la petite n'en a cure et sort un bout de ruban pourpre :

« Regarde, ça c'était le jour où nous avions fait des cartes de Noël tout l'après-midi, j'avais au moins quatre ans !… Oh et ça, dit-elle en tirant un morceau de ficelle avec une grosse perle, c'était un dimanche où Mamie Pomme m'avait fait un atelier de perles pour faire le cadeau de la fête des mères… et ça, c'est un petit caillou que l'on avait ramassé lors d'une promenade. »

Je suis là immobile, avec des yeux de cabillaud, à regarder une petite fille pleine d'émotions qui vient de retrouver le goût sucré de son enfance insouciante… ça paraît irréel !

« Dis-moi, dit-elle soudain en tournant la tête, Mamie Pomme a la même que moi, serais-tu capable, si je t'accrochais à la patte une petite bourse avec des petites bricoles, de la lui porter ? »

Ben voyons et pourquoi pas tout le contenu de la boîte tant que tu y es, je ne suis pas une mule ma petite ! Je m'affole en piaillant dans tous les sens en battant des ailes et en sautant sur place pour lui montrer mon refus catégorique. Et alors que je pense qu'elle a compris, elle applaudit réjouie :

« Merci, merci tu as l'air ravi et c'est génial ! »

Je stoppe net ma chorégraphie de la réprobation. Ses effets sont inverses au message que je souhaitais lui faire comprendre. Pas l'ombre d'une petite, toute petite seconde, elle n'a pu imaginer que ces cris étaient une protestation contre cette idée saugrenue. Les ailes m'en tombent, je me retourne et vais m'installer dans mon nid. Je boude.
Clara, quant à elle, farfouille encore et encore dans sa maudite boîte mais je ne la regarde pas… Je boude.

C'est après un long moment qu'elle vient me présenter ce qui sera mon boulet pendant tout mon prochain voyage… je ne lui accorde pas la moindre attention puisque je boude. Mon attitude n'a pas l'air de la perturber… elle s'en bat les flancs… je fulmine en silence. Je boude...

Il est tard et je suis fatiguée de bouder. Clara est sortie de sa chambre et m'a laissée toute seule depuis un bon moment déjà.
Quand tout à coup, la porte s'ouvre, c'est une petite fille pétulante qui se dirige vers moi, une assiette entre les mains, remplie de tout ce que j'aime.

« Tiens Big foot, j'avais oublié ton repas, je suis désolée ! » dit-elle avec une moue à laquelle je ne résiste pas... à moins que ce ne soit mon estomac qui ne résiste pas à ce repas délicieux.

Je plonge le bec dans les miettes. Pendant ce temps, Clara enfile son pyjama et se glisse dans son lit. Elle éteint la lumière et me souhaite une bonne nuit. C'est la lune pleine et ronde qui éclaire la fin de mon dîner... La nuit est déjà bien installée quand je m'endors... je ne boude plus.

Faux départ

Au petit matin, Clara, excitée, me secoue l'aile du bout du doigt. J'ouvre les yeux… Elle est là, debout, devant moi, déjà prête et fringante. Je n'ai pas assez dormi, mon cerveau est en mode batterie faible… je me retourne et me rendors. Seulement ce serait mal connaître l'enfant chérie qui est bien décidée à faire en sorte que je m'envole pour l'Âge d'or dans les plus brefs délais. Elle insiste donc à nouveau… ce qui a pour conséquence immédiate de me mettre de mauvaise humeur et me donner encore plus envie de dormir. Je me mets debout, secoue la tête, histoire de me réveiller un peu mieux et sans m'en rendre compte, me voilà affublée de ma bourse de voyage… un baise-en-ville à s'y méprendre ! Clara trouve préférable de me mettre mon bonnet péruvien parce que la température a brusquement chuté de trois degrés. Elle est mignonne la petite mais je ne suis pas en sucre ! Très délicate, elle me tend un miroir pour que je puisse voir combien je suis « à croquer » d'après elle. Et là, catastrophe ! A bien y regarder, mon paquetage et mon bonnet font de moi une parfaite mule ou un lama, suivant la position du globe où l'on se trouve ! Mais pour qui elle me prend, je ne suis pas un sherpa !

« Big foot, tu es fin prêt pour le départ… mais avant ça, je tenais à te remercier et à te dire que tu es mon meilleur copain et que sans toi, je n'aurais jamais su la vérité alors je ne pourrai jamais assez te remercier… voilà ! »

Bon, heureusement qu'elle vient de s'arrêter, j'ai du mal à canaliser mes émotions, moi, en ce moment. Dernière caresse pour la route, je m'élance… Oh, nom d'une plume, je n'ai pas pris assez d'élan, j'ai le baluchon qui pèse un plomb. Il me tire vers le bas, il faut que je réussisse à remonter jusqu'au bord.

« Ne te laisse pas aller ! » crie Clara paniquée, témoin de mon infortune.

Elle en a de bonnes, elle croit que je l'ai attendue ? Pas le temps de m'énerver, faut que je sauve ma peau… Bats des ailes, me hurle une petite voix in petto, bats encore Odette… sinon tu vas finir en omelette sur l'asphalte… je redouble d'efforts. Ne regarde pas en bas, crie toujours la petite voix à l'intérieur de moi… je regarde quand même… C'est horrible, il y a un parterre de matous excités qui attendent ma chute, comme un cadeau de Noël avant l'heure, le bolduc en moins ! Je m'active encore plus mais pas moyen de parvenir à remonter, je n'arrive qu'à stabiliser ma position, mais jusqu'à quand ?…

Clara, penchée, me tend son bras pour attraper mon aile…

« Aide-moi, Big foot, essaie de te rapprocher ! » cingle-t-elle terrifiée.

Qu'est-ce qu'elle croit ? Que je me fais du vent sous les plumes ?

Clara est maintenant sur la pointe des pieds mais elle ne parvient pas à m'attraper… Je sens que je vais craquer… les secondes passent, je m'épuise… Adieu veau, vache, cochon, ma fin est proche, me dis-je,

au moment où je baisse les ailes et me résigne à mourir d'une fin atroce en espérant être morte avant d'être dévorée par la horde de chacals en bas... Clara, dans un geste désespéré, réussit à agripper ma queue par miracle... c'est douloureux... j'ai la tête en bas. Dans un mouvement ultime, Clara me remet dans ma position d'origine, les deux pattes sur le rebord. La petite me serre contre elle. Les battements de nos cœurs affolés résonnent à l'unisson... Je viens d'avoir la trouille de ma vie.

« Je suis désolée, je suis désolée... » ne cesse de répéter Clara en me serrant encore plus fort.

Tu peux ! J'ai envie de lui dire, mais comment pourrais-je accabler cette enfant qui finalement n'a pas pris en compte tous les paramètres de ce vol, aveuglée par l'amour et la peur viscérale de perdre sa grand-mère ? J'ai tout de même envie de lui donner la véritable définition du pigeon voyageur : pigeon dressé à porter des messages au loin. J'ai bien dit message et c'est déjà pas mal. Dans le cas présent, pour sa livraison, je préconise qu'elle copine avec un pélican !

Mon cœur se remet doucement de ses émotions

mais mon cerveau en ébullition ne ralentit pas pour autant. Clara est la preuve que l'on peut être à la fois sauveur et bourreau.

Pendant que je suis tout à ma réflexion, Clara m'a reposée dans mon nid et enlevé mon barda. Elle est dégoulinante de sueur, elle a vraiment eu les chocottes !

« Je crois, dit-elle de sa voix douce en me regardant, que c'est à cause de ce petit caillou blanc que Mamie Pomme m'avait offert lors d'une promenade en montagne que tu as failli tomber. Mamie Pomme l'appelait le flocon de neige… »

Je t'en ficherais du flocon de neige, un âne mort oui ! je piaille un brin agacée. Clara prend la peine de le remettre dans sa boîte à trésors et je m'interroge. Pourquoi ne remet-elle que le caillou ? Je n'ai pas à attendre longtemps avant d'avoir la réponse, puisque très vite, elle referme le sac pour me l'accrocher autour du cou vite fait, bien fait ! Gonflée la petite… les ailes m'en tombent !

« Comme ça, ce sera plus simple pour toi et surtout beaucoup plus léger. La lettre est bien attachée, tu es paré pour repartir quand tu veux » me lance-t-elle avec enthousiasme et insistance.

J'en ai les pattes coupées, rien ne peut ébranler cette gamine plus de dix minutes. Malgré ce qu'il vient de se passer, je n'imaginais pas être exempte d'aller-retour mais j'aimais à croire qu'on m'accorderait le temps de me remettre de mes émotions… en rêve !

Je me remets droite et fais plusieurs traversées de bord de fenêtre pour jauger du poids du bazar. Je ne suis pas très à l'aise mais c'est déjà nettement mieux que tout à l'heure… enfin, jusqu'à ce que je croise mon image dans la vitre : à quelques détails près, le parfait Saint Bernard, un sac à cou comme tonneau !… Je n'en peux plus, je ne me suis jamais ridiculisée de la sorte. Il est préférable que je m'en aille maintenant avant que j'envoie tout péter… respiration à fond, vérification de la check-list, tout fonctionne bien… mais j'ai la peur au ventre, 'manquerait plus que ça me déclenche la colique !

« Le courageux ne vit pas longtemps mais le peureux ne vit jamais ! » me dis-je pour me motiver avant de m'élancer sous les yeux pleins d'espoir de Clara.

Le retour de la bulle

Le décollage s'est bien passé, la bourse me tire sur les cervicales et va me ralentir, ce voyage va être bien pire que les précédents. Les gargouillis aux creux de mon ventre résonnent jusque dans mes oreilles.

Au bout d'une heure de vol… et comme à chaque fois, à ce moment-là, j'en ai marre. Seulement aujourd'hui, je vole beaucoup moins vite, 'pas que d'habitude je sois supersonique mais bon là, si je volais à reculons, je pense que j'irais plus vite ! Mon bonnet me démange, la maille est lourde et humide comme l'air, le temps est gris, le papier roulé me colle à la patte… j'en ai super mais alors super marre ! Et puis ce paysage qui, cette fois-ci, défile au ralenti : des montagnes… du maquis… des rochers… des montagnes… du maquis… des rochers… des montagnes… du maquis… des rochers… ça me rappelle une chanson… ou plutôt une rengaine… La mienne ! Cette mission va bien au-delà de mes compétences, autant s'attaquer à la savane avec une paire de ciseaux à bouts ronds ! Je me suis laissée attendrir, ce qui ne me ressemble pas et maintenant je suis prise à mon propre piège, juste parce que ma reconnaissance me colle à l'arrière-train comme de l'eczéma... Mais Clara est à l'âge où avoir un idéal représente quelque chose de fort et cet idéal, c'est Mamie Pomme, alors sincèrement, aurais-je pu avoir d'autres alternatives que de l'aider dans sa difficile quête ? Je me le demande… même si intérieurement je connais la réponse. Le temps s'assombrit à moins que la fin de la journée ne soit déjà arrivée tout simplement… il y a trop de nuages pour voir la position du soleil et envisager l'heure ! Ce que je sais, en revanche, c'est que j'en ai plein les ailes et j'ai hâte d'en finir avec ce voyage…

Je ne sais pas vraiment combien de temps il m'aura fallu mais à en croire mon degré de fatigue, beaucoup trop… La vue du rebord de fenêtre de Mamie Pomme qui me tend les bras me ravigote. Je n'ai plus qu'à tendre les pattes en avant… Oh crotte alors, il a fallu que je m'y reprenne à deux fois, j'ai failli le louper !

Ça y est, c'est fait, je suis enfin arrivée ! me dis-je, les pattes posées, comme pour m'assurer que je ne rêve pas.

« Non, non et non Madame Pelucci ! » s'envole d'un ton catégorique une voix qui vient de la chambre.

Je suis très mal positionnée pour voir ce qui se passe. Je penche la tête en me rapprochant de la fenêtre entrouverte mais le poids du baise-en-ville m'empêche de pouvoir bien voir puisqu'il touche par terre. Je tends le cou pour me donner plus de latitude… Oh hisse… je me décale.

Et là, je n'en crois pas mes yeux, non seulement c'est l'heure du repas, ce qui veut dire que j'ai mis quasiment la journée pour arriver mais en prime Mamie Pomme fait son show… je me fige jusqu'à ce que la voix s'élève à nouveau :

« Non Madame Pelucci ! Il faut arrêter de vous barbouiller de compote, ça dégouline et c'est sale ! Si vous continuez, je vous retire le plateau ! » menace le monsieur à blouse foncée.

« Laissez-moi tranquille ! » crie Mamie Pomme en refusant de rendre la cuillère qui lui sert de pinceau à maquillage.

Et pour bien montrer qu'elle n'en a cure, elle laisse s'écraser le contenu sur son front qui coule en bloc pour finir sur son chemisier. Le monsieur à la blouse foncée en profite pour attraper la compote pendant que la vieille dame admire les dégâts en rigolant aux éclats, deux queues de cerises accrochées à chaque oreille comme boucle.

« Je suis prête pour mon rendez-vous galant… dit-elle enjouée, j'attends mon mari qui vient me chercher pour la Saint-Valentin ! »

Puis dans un chuchotement qui se veut confidentiel, elle rajoute : « Il m'emmène dîner dans un très bon restaurant et après nous irons danser ! »

« Madame Pelucci, votre mari ne viendra pas, il est mort depuis 15 ans ! » s'égosille l'homme à la blouse foncée, alors que Mamie Pomme se recoiffe avec sa fourchette.

Quel infâme personnage ! Comme s'il ne pouvait pas lui parler avec ménagement ! Il serait peut-être bon que je me manifeste. Dès qu'elle me verra, elle enverra valdinguer la bulle et risque même d'être très fâchée de se voir dans cet état.

Avec mon bec, je tapote le carreau, me mets à gesticuler en brassant de l'air avec mes ailes et cuicuite à pleins poumons… mais rien ne se passe, sinon une réaction à laquelle je ne m'attendais pas. Le monsieur à la blouse foncée s'approche de la fenêtre et d'un revers de main me chasse avec des OUST… « Allez OUST ! » crie-t-il le regard méchant.
Je m'envole sans demander mon reste et me tiens hors d'atteinte de sa main poilue en attendant qu'il s'éloigne afin de me reposer sur le bord. Je suis la seule qui puisse aider Mamie Pomme. J'ai un effet zapette mon brave, je lui crie dans un cuicui aigu… mais il ferme violemment la fenêtre… autant expliquer à un taureau furieux qu'on est végétarien ! J'attends qu'il sorte de la pièce, je n'ai pas envie de finir ficelée, rôtie au four pour faire frétiller ses papilles !

C'est chose faite quelques instants plus tard… Chouette ! me mets-je à crier, d'ailleurs n'est-ce pas à ceux de sa race que l'on doit l'expression « bon débarras ! » me dis-je satisfaite de son départ. Il a laissé sa place à une dame qui a bien du mal à lui faire enfiler des vêtements propres. Mamie Pomme est agitée, elle ne se laisse pas faire. À bouger sans arrêt, la dame à la blouse rose a chaud et ouvre la fenêtre en grand. Je l'adore, je ne sais pas qui elle est mais je l'adore !!! Je vais avoir tout loisir de danser la gigue pour attirer l'attention de Mamie Pomme. Mon euphorie passée, j'entame quelques pas de danse en secouant les ailes, la tête et le baluchon… mais rien… je cuicuite fort et même très fort et enfin je l'entends… enfin :

« Oh ! Une mouche, une énorme mouche… une mouche à merde ! » dit-elle les yeux vides en me montrant du doigt.

Mais non Mamie Pomme, c'est moi, Odette, la copine de Clara, ai-je envie qu'elle comprenne en cuicuitant si fort que mes cordes vocales saturent… je n'arrive pas à me résoudre à la voir comme ça… à moins que je n'arrive pas à accepter le fait que je n'ai plus aucun effet sur elle… serait-ce seulement mon ego ? Je refuse d'y croire et continue malgré tout à me remuer… je pleure, les larmes me piquent les yeux. La dame à blouse claire est trop occupée à la faire aller se coucher pour m'accorder la moindre attention. Eléments perturbateurs, mes piaillements n'étant certainement pas considérés comme mélodieux, la dame à la blouse claire qui a fort à faire, se jette soudain sur la fenêtre et la claque. J'ai juste le temps de me coller contre le mur, le cœur au bord du bec. Je suis submergée par le chagrin. Je ne sais pas quoi faire, je ne sais même pas où ni comment je vais trouver la force de me relever. C'est une catastrophe, que dois-je faire de mon message et de tout ce qui pourrait, peut-être, l'aider à coincer la bulle ?

Je décide de remettre à plus tard toutes ces interrogations angoissantes et de rester là, puisque la relève des blouses roses va avoir lieu... alors si ça se trouve, il y aura une dame qui me connaît ? Je n'ai plus qu'à attendre... et me donne le droit de pleurer jusqu'à épuisement. Mais avant ça, j'aperçois, avec une joie non dissimulée, le pauvre type à la blouse foncée qui a fini son service et qui vient de sortir dans le jardin pour rejoindre le parking. Son passage obligé sous la fenêtre me donne une idée.

Dans un équilibre dangereux, mes pattes au bord du bord du rebord, ma queue dans le vide et le regard

en biais qui le guette, j'attends qu'il soit à trois pas en dessous… à ce moment-là, je me soulage et la vessie et les sphincters… il est maintenant pile en dessous et réceptionne avec surprise tous mes besoins ! Je saute de joie sur mon rebord pendant que Môssieur laisse place à la colère :

« Satané oiseau ! Si j'avais le temps, je remonterais te tordre le coup ! »

Cause toujours, me dis-je entre deux éclats de rire.

Il s'éloigne furieux, l'index tendu dans ma direction. Et comme disait maman : « la colère est bien mauvaise conseillère » mais ça, sa mère a oublié de le lui dire parce qu'à trop me regarder, il n'a pas vu l'arbre derrière lui qui l'arrête net. Je me roule de rire sur le rebord en applaudissant du bout des ailes ! Très secoué, il s'en retourne à sa voiture en titubant. Ce spectacle vaut vraiment le coup d'œil et je n'en perds pas une miette. Il est maintenant loin. En regardant la fenêtre à nouveau, mon cœur se regonfle de peine. Je me cale contre le chambranle. Les effets du fou-rire ont disparu pour laisser place à mes pleurs… pigeon qui rit, pigeon qui pleure… cette image me bouleverse…

L'espoir déçu

La lune est déjà haute dans le ciel quand, de nouveau, j'ouvre les yeux que j'avais bien trop lourds de larmes pour les garder ouverts. Une lumière venant de la chambre me fait me redresser. Pourvu que ce soit quelqu'un de familier… la personne est de dos, c'est bien ma veine. Je tape sur le carreau pour attirer son attention. Elle se retourne. Je ne la connais pas. Je crois avoir réussi à titiller sa curiosité quand cette dernière s'approche mais c'est juste pour tirer le rideau. Me revoilà au point de départ, le bec collé à la vitre et mon barda bien accroché. Mais il m'en faut plus pour lâcher l'affaire, au stade où j'en suis, je peux bien attendre jusqu'au matin. Après tout, elle aura aussi sa relève… je m'installe, tant bien que mal, sur ce rebord froid… la gaine trouée de Mamie Pomme me manque ! J'ai froid… je claque du bec… je m'endors.

J'ai dormi profondément mais mon sommeil a été agité. Je me suis réveillée, le bonnet Péruvien sous l'aile, le sac dans le dos et le ruban du message sur le point de se défaire. J'ai faim et soif mais je n'ai pas envie de quitter le rebord avec bagage, au risque de louper la seule blouse claire que je connaisse. Ça ne devrait plus tarder… Hé ! Ben tiens, quand on parle du loup, me dis-je en voyant les rideaux bouger. Mais cette fois encore, l'infirmière qui les tire m'est totalement inconnue. Elle tourne la poignée de la fenêtre, l'ouvre légèrement et tourne les talons… en s'adressant à Mamie Pomme :

« Bonjour Madame Pelucci, avez-vous bien dormi ? »

Je vais devenir dépressive… enfin avant, dis-je en me reprenant, il faut que je sache ce que je vais faire et si je suis honnête, je n'en sais vraiment rien. La dame à la blouse claire laisse le plateau et s'en va. Je nourris la folle espérance qu'en croisant le regard de la vieille femme, se rallume au fond du sien cette petite lueur qui la rendait si attendrissante mais surtout vivante ! Son ombre sur le mur m'indique qu'elle est sur le point de se lever. Droite sur mes pattes, je cuicuite en y mettant tout mon cœur.

J'observe Mamie Pomme s'asseoir cahin-caha à table… on dirait qu'elle porte une coiffe bigoudène. J'ignorais qu'elle avait des origines bretonnes… Je redouble ma gestuelle, chante encore plus fort… jusqu'à ce que je réalise qu'en fait de coiffe bigoudène, elle est coiffée de sa gaine et, à y regarder de plus près, enveloppée dans un peignoir et chaussée de ses bottes en caoutchouc. Je comprends alors un peu plus tard, que je peux cesser tout mon ramdam. La bulle est là, elle occupe tout l'espace. Dans une profonde détresse, je pousse la fenêtre, piaille… dans le doute, je caresse l'espoir que cela pourra chasser la bulle. Mamie Pomme lève la tête, me regarde, le manche de sa cuillère plantée dans la narine, puis me montre du doigt :

« Oh ! Une mouche, une énorme mouche… une mouche à merde ! »

J'en ai les pattes qui flageolent. Après m'avoir prise pour une brebis à notre première rencontre et deux fois de suite pour une mouche à merde, je pense que la messe est dite. C'est cuit ! Elle s'est retirée dans un coin de sa tête où je ne peux pas entrer…

En revanche, maintenant il faut que je prenne une décision. Je ne peux pas m'éterniser dans le quartier et je vais mourir de faim si je ne remédie pas à la situation. Mais quoi faire ? hurle ma petite voix intérieure. J'aimerais bien la faire taire mais je n'ai pas de réponse. Rentrer avec tout mon bazar ? C'est impossible, Clara comprendrait alors que la situation a évolué et que sa grand-mère est au plus mal. Rentrer sans mon paquetage ? Si je n'ai pas de lettre, la petite se doutera alors que les choses ne tournent pas rond. Que me reste-t-il ? Ne pas rentrer du tout ? Et Clara ? Après un moment de réflexion, je me dis que si la petite ne me voit pas revenir, elle pensera que j'ai été mangée par un matou ou que ma bourse était trop lourde et que je suis tombée… mais alors, elle va culpabiliser ? Je n'ai pas le choix ! Enfin si, on a toujours le choix… mais je ne peux malheureusement pas parer à tout. Sa culpabilité sera un moindre mal à côté de la cruelle réalité. Et même si je suis convaincue qu'il ne faut rien cacher aux enfants, je ne suis pas sa mère, mouâ !

Je décide donc de partir mais avant ça, je me déleste de mon bagage en dénouant à coups de bec la cordelette, et fais de même avec le ruban du message… Ça y est, on y est, le moment du grand départ tant redouté. Je pousse tout contre la fenêtre, tout sauf mon bonnet (ce sera un souvenir !)… Peut-être que quelqu'un le découvrira et le donnera à Mamie Pomme ? Une larme s'écrase sur ma poitrine, je n'en mène pas large… moi qui espérais tant reprendre ma liberté, pourquoi suis-je aussi oppressée ? Je cherche une dernière fois Mamie Pomme du regard… je voudrais tellement qu'elle sache que j'ai apprécié sa compagnie et qu'elle va me manquer… J'y suis plus attachée que je ne voulais me l'avouer. Et cette réalité me fait encore plus mal. Ses yeux vides fixent soudain les miens, peut-être est-elle en train de réaliser qu'elle me connaît ? Ce soupçon d'espoir me gonfle de joie… Alors ? Te souviens-tu de moi ?… Pour toute réponse, j'ai le droit à une grimace, elle me tire la langue !

Enfer ou Paradis ?

Je me laisse tomber dans le vide, et plane jusqu'au jardin… je suis triste mais j'ai faim. Je repère un quignon de pain et me l'accapare sans ménagement. Je fonce à tire-d'aile me réfugier sur le clocher, j'ai besoin de me ressaisir, de faire le vide pour m'inventer une nouvelle vie. Cet endroit est une bénédiction, idéal pour casser la croûte tout en profitant du magnifique panorama. Pourtant, malgré ce cadre fabuleux, je ne peux m'empêcher de penser à Clara et à sa grand-mère. Que vont-elles devenir ? Clara pourra-t-elle la voir ? Ne serait-il pas préférable qu'elle garde le souvenir d'une grand-mère en pleine forme ? Mais dans ce cas, elle va se faire des idées et l'imagination peut être bien pire que la réalité…

J'ai un sentiment de lâcheté et en même temps,

je pense avoir pris la bonne décision.

Je suis repue, ce morceau de pain était le bienvenu. La tension de ces dernières vingt-quatre heures m'a épuisée et j'envisage ma digestion avec une bonne sieste. Aussitôt dit, aussitôt fait, Morphée me tend les bras, je ne résiste pas. Les heures passent…

Mon sommeil est agité, les cauchemars se succèdent… je rêve que je tombe dans le vide et que je ne peux rien empêcher, rien arrêter…

À l'instant où j'ouvre les yeux, je tombe comme un plomb. Je n'ai pas le temps de réagir quand je suis réceptionnée à dix mètres du sol par un truc qui me bloque tout le côté gauche. Je n'ose ouvrir les yeux et en profite pour remercier dans ma tête tous les gens qui m'ont aimée et la vie pour les jolis moments que j'ai pu partager… je m'attends à être broyée entre les mâchoires d'une bestiole dont je ne veux même pas connaître l'identité. Qu'il se dépêche de le faire sinon mon cœur va claquer et il n'aura même pas le plaisir incommensurable de se dire que ce sont ses crocs affûtés qui l'ont fait ! Je n'arrive plus à penser… sinon que je paye peut-être ma lâcheté d'avoir abandonné mon poste de pigeon voyageur et qu'il existe alors une justice divine, une justice immédiate… je m'évanouis…

L'écho des cloches me résonne dans tout le corps et me fait trembler. Sans ouvrir les yeux, j'imagine sans difficultés que je suis dans la salle d'attente, entre paradis et enfer et qu'il va falloir que je justifie chacun de mes actes manqués. J'angoisse…

« Bonjour Odette ! » me dit une voix rauque que je crois reconnaître. Au secours ! Pourvu que ce ne soit pas celui auquel je crois…

« Ouvrez les yeux Odette, tout va bien ! » se veut rassurante sa voix.

Quitte à être jugée pour couardise autant assumer jusqu'au bout ma faiblesse. Je décide de garder les yeux fermés.

« Odette, vos paupières frissonnent et je sais que vous m'entendez, alors n'ayez crainte, ouvrez-les. Il ne vous arrivera rien. Je vous ai sauvée d'une mort certaine… »

« Pourquoi ? Je ne suis pas morte ? » interrompt, surprise, la petite voix dans ma tête.

Confidences pour confidences...

Vous êtes plus vivante que jamais... nous nous sommes rencontrés il y a quelques jours à cet endroit précisément... vous souvenez-vous ? » me raconte la voix rauque qui me permet de sentir les effluves de son dernier repas. Il aurait pu se rincer le bec ! me dis-je indignée.

Ah ! La barbe, il postillonne !... d'ailleurs à ce stade-là c'est plus des postillons mais une intempérie ! Franchement j'ai pas les oreilles près du bec, il peut prendre de la hauteur, chuis pas sourde! je pense excédée.

La honte ! résonne en moi une petite voix, enfin si mon profil de pigeon de la pampa et de Saint Bernard sont la preuve que le ridicule ne tue pas, il en sera de même si j'ouvre les yeux... ce que je fais sans plus attendre… Et là, que vois-je dans la brume d'une vision floue, le magnifique goéland aux plumes d'argent. Difficilement, je me redresse. Je suis terriblement gênée et fais un gros effort pour ne rien laisser paraître.

« Comment vous sentez-vous ? » me demande-t-il sans plus attendre.

« Je ne sais pas ! » lui dis-je groggy.

« Que vous est-il arrivé ? s'inquiète-t-il, vous ai-je empêchée de vous suicider ? »

Bon ok, je suis désespérée mais de là à passer à l'acte, 'faut pas exagérer…

« Je dormais et manifestement je suis tombée ! lui dis-je du bout du bec, et la divine providence vous a fait arriver à ce moment-là… alors merci ! »

« Non, c'est moi qui vous remercie ! » insiste-t-il.

« Mais de quoi ? » je demande, surprise.

« … de m'avoir donné le rôle du sauveur… qui, entre nous, était loin d'être désagréable ! » me murmure-t-il les yeux doux.

Il pourrait me faire craquer, je détourne le regard. Finalement je lui ai donné l'occasion de flatter son ego, donc je ne lui dois rien… ingrate ? me dit ma voix intérieure. Non ! je lui réponds afin de la faire taire, juste efficace. Je ne veux pas qu'il sache que j'ai le béguin… 'manquerait plus qu'en cette période difficile de mon existence, j'aie en plus à gérer une peine de cœur !

« Vous êtes un peu pâlotte, puis-je faire quelque chose pour vous ? »

« Vous ne pouvez malheureusement rien pour moi ! » dis-je, la voix lasse.

« C'est peut-être ce que vous pensez, mais qu'en savez-vous réellement ? »

Quelle prétention ! Le vrai mâle dans toute sa splendeur, qui a toujours réponse à tout et qui sait mieux que tout le monde comment faire face aux drames éventuels de votre existence ! C'est le comble ! Au lieu d'avoir l'humilité de me dire : « c'est vrai, je ne sais pas… » quatre petits mots qui pourraient changer la donne une bonne fois pour toute, et ben non, faut qu'il la ramène en sauveur héroïque ! Je vais lui en donner, moi, du fil à retordre et dans un élan que je ne maîtrise pas le moins du monde, je lui raconte tout, toute ma vie jusqu'à aujourd'hui sans lui laisser la moindre possibilité d'ouvrir le bec et de me couper la parole. Car si d'aventure il y parvenait, je serais bien incapable de reprendre mon récit… je suis portée par une énergie où se mélange un tas d'émotions.

Je m'emballe, je m'emballe mais si je dois être honnête, son intérêt pour moi ne me laisse pas indifférente. Plus j'avance dans mon histoire, plus il s'avance près de moi… je le sens proche… et pour finir, son aile gauche m'enveloppe. Ce que je refusais et qui me faisait si peur m'apaise curieusement, laissant s'envoler toutes mes réticences et voler en éclats toutes mes barrières de sécurité.

Me voilà à nu… il m'écoute… me protège… je me tais… pour la première fois depuis bien longtemps, je me sens bien !

« La vie est un bocal de cerises au sirop, disait mon grand-père, dont les cerises ne sont pas toutes dénoyautées ! »

C'est ce qu'on appelle avoir de l'à-propos et il avait raison l'ancien, seulement, y a de fortes chances que je ne me sois sifflée que celles qui avaient gardé leur noyau… d'où mon indigestion. Je ne lui réponds rien. Le silence opère une magie qui rend ce moment exceptionnel…

Vers de nouveaux horizons… (Épilogue…)

Que pensez-vous du mariage ? » lâche-t-il comme une bombe.

Le charme est rompu. Je me raidis. Pourquoi me demander un truc pareil ? Qu'est-ce qu'il lui prend ? On se connaît depuis trois jours ? Je viens de lui raconter ma vie et tout le temps que j'ai passé à raccommoder mes plaies. Je lui ai même précisé que mon cœur était à vif et il ne trouve que ça à me demander ? Ce n'est pas parce que je lui ai dit aujourd'hui ne pas savoir quoi faire de ma vie, que je lui donne le droit de l'organiser ! Comment peut-il croire que je sauterais à pattes jointes sur la première proposition ? Et plus encore m'engager dans un élan de désespoir ? Je me cache la tête dans mes plumes pour me calmer, pas question qu'il croit que je n'ai aucun point de vue sur le sujet, puis la ressors et d'une voix que je veux des plus indifférentes lui dis :

« Le mariage n'est qu'une cérémonie, un contrat... ce qui compte le plus, c'est ce que l'on peut se donner l'un à l'autre tous les jours... »

« Je partage le même point de vue... » répond-il sans attendre.

Ce mâle est plein de surprises ! je pense soudain en me laissant aller au creux de son aile. Quelque chose me dit que je ne suis pas encore partie... vers d'autres horizons. Et en parlant d'horizon, il arbore ses couleurs du soir. Le soleil se couche. Il fait bon... les hirondelles font la ronde à fleur de toits.

« Je m'appelle Sylvestre ! » lâche-t-il, rompant le silence.

Il me plaît bien, mais ce serait une erreur de lui laisser croire que c'est gagné, j'ai bien l'intention de voir s'il en a sous la patte !... Après tout, il me reste dans mon bocal toutes les cerises sans noyau...

Quelques fenêtres plus loin, une main aux doigts longs et fins s'empare d'une bourse et d'une lettre enroulée.

« Ma Mamie Pomme, lit tout haut une voix douce, j'ai bien reçu ta lettre mais la fin de cette histoire ne me plaît pas. La vie est injuste et je suis en colère de ne pas connaître le poison qui pourrait tuer le ver qui ronge ta mémoire pour continuer à partager des moments merveilleux avec toi. Bats-toi, grand-mère chérie, j'ai besoin de toi pour continuer à grandir. J'ai besoin de toi pour m'apprendre les mille et une choses de la vie.

J'ai besoin de toi pour tous ces câlins qui me manquent déjà… J'ai besoin de toi pour continuer à remplir ma boîte à trésors (Big foot t'en a apporté quelques-uns pour t'aider à te souvenir !) J'ai besoin de toi tout simplement. Tu as été présente à chaque étape de ma vie… C'est toi qui me l'as dit. J'ai percé ma première dent un week-end où tu me gardais, fais mes premiers pas dans ton jardin, eu ma première visite de la petite souris dans ton lit mais ma vie ne s'arrête pas là, je vais devenir grande, avoir mon bac, tomber amoureuse, me marier et imaginer tout ça sans toi me rend tellement malheureuse… je t'aime

tant ! L'amour est plus fort que tout, c'est toi qui me l'as appris alors je te fais la promesse de penser si fort à toi que ce ver ne pourra pas empêcher mon ombre de venir danser sur tes souvenirs… tu danses déjà sur les miens ! Je t'embrasse plus fort qu'un serre-joint (c'est toi qui disais toujours ça… j'ai enfin compris en regardant dans le dico !) Je t'aime et j'espère que tu auras perdu tes chaussettes et bien d'autres choses avant de perdre conscience de mon amour immense pour toi. Clara »

Une larme coule sur la joue ridée de la vieille dame, dans un sursaut de lucidité… Quelques secondes plus tard, en position escargot sur le sol, la tête la première contre la plinthe pour la énième fois, elle tente de remettre les pieds au mur pour faire le poirier…

(...Et pis Zut...)

Hors de question de vous priver du making-off, du collier de perles coupé à la mise en page. J'ai donc âprement négocié dans mon contrat qu'il me soit donné huit pages pour vous dire la vérité sur tout ce qu'aucun personnage littéraire n'a jamais osé vous révéler (pas assez noble pour les écrivains dont les pères poussiéreux préfèrent laisser planer tout un mystère autour de ce qui anime l'écriture au lieu de la dévoiler). Je voulais vous faire ce cadeau-là... le cadeau d'être arrivé jusqu'au bout :

- Le casting a eu lieu une nuit d'ivresse... on était nombreux à se bousculer dans l'anti-chambre de l'imagination de l'auteur, c'est mouâ qui ai été retenue ! L'auteur, Mamz'elle Je-sais-tout, a eu, à l'en croire, « le coup de foudre ! » Pour une fois qu'un pigeon était mis à l'honneur, j'ai accepté sans condition ce premier rôle. Ce que je ne savais pas en revanche, c'était que trop de franchise pouvait être source d'ennuis… je l'ai appris à mes dépens quand Mamz'elle Je-sais-tout m'a imposé une batterie d'examens, contraignants et pénibles, après que je lui ai avoué mon problème de daltonisme. Comme si elle ne pouvait pas revoir sa copie en changeant les couleurs ! Bref, je me suis pliée à ses exigences… après tout c'était peut-être le rôle de ma vie ?

- Vous noterez la difficulté de notre métier, puisque nous acceptons nos rôles sans avoir lu préalablement le manuscrit vu que l'auteur l'écrit au fur et à mesure. Exercice de haut vol ! Imaginez donc ma surprise quand Clara m'a prise pour un pigeon homosexuel ! Il était trop tard pour reculer… ça m'a valu une profonde et cruelle remise en question.

- Lors de mon premier voyage, ce qu'on ne vous a pas dit c'est que j'ai mis deux jours pour arriver. Mamz'elle Je-sais-tout s'est bien gardée de vous avouer qu'elle m'avait laissée en plan, parce qu'elle ne savait même pas où elle allait (plus exactement où j'allais). Et comme c'est moi qui m'y colle, j'ai passé le premier jour, au sommet d'un clocher à faire la girouette, à la recherche du grand bâtiment rose que j'étais censée repérer.

- Il y a eu un sacré rififi à la prod, le jour où Môssieur J'décide-tout (l'éditeur) a demandé expressément à Mamz'elle Je-sais-tout de changer le mot « string » dans le manuscrit par « une minuscule culotte sans fesses » parce qu'il parait que certains lecteurs verraient (conditionnel présent) dans le mot « string » une éventuelle débauche et non l'accessoire vestimentaire à la mode devenu incontournable... même chez les jeunes filles ! Croyez-moi ou non, je pense qu'à cette heure-ci Mamz'elle Je-sais-tout n'a toujours pas digéré... En tout cas mouâ ça m'a fait bondir de joie de voir qu'elle aussi devait se plier à certaines exigences, pour une fois que ce ne sont pas toujours les mêmes !!!

- La scène où Clara m'attend à la fenêtre, son MP3 sur les oreilles. Je me suis insurgée que cette petite écoute la musique à fond (d'après les infos, ça abîme le canal auditif et à long terme, ça peut rendre sourd !) « Mais où a-t-elle rangé son tourne-

disque ? » ai-je demandé.
« À la cave, les dinosaures jouent avec ! » m'a répondu Mamz'elle Je-sais-tout. Je me suis vexée. L'auteur et moi n'avons pas toujours le même humour. Là, j'ai cru avoir atteint mon point de non-retour. J'ai refusé de me rendre au pot du soir avec toute l'équipe qui s'occupe du bouquin. Caprice de star ? Peut-être, mais Mamz'elle Je-sais-tout est venue s'excuser, poussée par le syndrome de la feuille blanche, l'angoisse terrifiante du néant... Elle sait au fond d'elle que sans moi elle n'est rien.

- Il faut savoir que lorsque l'auteur me fait m'endormir d'un coup, c'est parce qu'elle tombe de sommeil. Moi je suis plutôt insomniaque et à de nombreuses reprises, j'aurais bien partagé avec vous mes états d'âme mais je suis tributaire de Mamz'elle Je-sais-tout... c'est elle qui décide ! La feignasse !

- La scène du vol avec le baluchon est pire... J'ai manqué de me faire bouffer par deux énormes chats. Ils étaient tellement gros que je faisais figure d'amuse-gueule... aussi ridicule qu'un canapé esseulé au milieu d'un plat devant des « coktailistes » plus excités à l'idée que ce soit gratuit que vraiment morts de faim. Ma peur était si intense que j'avais le regard figé. Cela aurait mérité au moins trois pages de description. Mamz'elle Je-sais-tout a trouvé que cela n'apporterait rien de plus, sinon peut-être une peur inutile chez le lecteur et un risque pour elle de voir son roman classé directement dans la case roman d'horreur… ce qui aurait sous-entendu qu'elle se fermait une porte avec les profs, jamais l'Education Nationale ne permettrait un tel choix même si certains classiques peuvent être bien plus terrifiants à lire !

- À la lecture de la lettre de Mamie Pomme, personne n'en menait large. Moi j'ai tellement pleuré que je m'en suis déclenché une sinusite… conséquence : 3 jours d'arrêt. Toute l'équipe a bien été obligée de comprendre enfin qui était la vedette !

- Quand l'aide-soignant a claqué la fenêtre, le bout de mon aile gauche est resté coincé. Les techniciens ont galéré des heures pour me libérer. Je passe sur l'inconfort et la douleur à peine prise en compte par l'auteur. Mamz'elle Je-sais-tout m'a juste fait la grâce de me laisser une nuit entière sur le rebord de la fenêtre avant de prendre à nouveau mon envol… conclusion : j'ai postulé au Syndicat de la Protection des Personnages Imaginaires ! Les auteurs ne peuvent pas nous faire faire tout et n'importe quoi ! Quand la littérature fout le camp, tout fout le camp. Enfin, j'ai tout de même été surprise de me retrouver dans ce syndicat auprès de personnages de bonne compagnie. Superman, Camille et Madeleine de Fleurville les petites filles modèles, Lucky Luke, Tartarin de Tarascon, le Grand Schtroumpf, Harry Potter et même Bécassine, excusez du peu… Il était temps que je m'inscrive !

- Ce que je dois vous avouer, et je n'en suis pas très fière, c'est que je m'y suis reprise à deux fois pour atteindre de mes fientes l'homme à la blouse foncée. Je n'ai jamais été très douée pour la physique… alors pensez à la complexité du calcul de la chute de la crotte combiné à la vitesse du pas de l'aide-soignant, et tout ça, sans parler de la vitesse du vent. Un vrai casse-tête !!! Au final, si la physique vous saoule, dîtes-vous qu'à tout moment elle peut être utile… la preuve !

- Quand au choix de mes partenaires, parlons-en. Le goéland, il avait beau avoir un regard à faire fondre un bac à glaçons au fond d'un congélateur, dans la dernière scène sur le clocher, il transpirait sous les plumes et puait du bec la vieille sardine fermentée… lui donner la réplique n'a pas été une partie de plaisir. Et la prod était en rupture de bombecs à la menthe. Heureusement, Mamie Pomme a été d'humeur égale pendant toute l'histoire et si gentille qu'à la fin j'aurais même accepté de devenir pigeon-domestique… mais elle ne me l'a pas demandé. Quand à Clara ça a été plus compliqué. Dès notre première scène, c'est moi l'animal qui ai dû apprivoiser cette petite sauvage qui prenait un malin plaisir à venir me coller ses crottes de nez sur les plumes sous couvert de caresses affectueuses. Je lui ai vomi dessus, elle s'est arrêtée. Non mais !

- Au début, après une journée de boulot intensive, c'était pas évident d'être opérationnelle, au top départ de Mamz'elle Je-sais-tout… (parce qu'entre nous Mamz'elle n'a pas d'horaire, elle n'est pas assignée aux 35 heures !). Croyez-moi c'était du sport de suivre la cadence de ses idées, quelle que soit l'heure… Mais après une rebuffade de tout le staff, elle s'est calmée… un peu. Évitant ainsi, le piquet de grève. Ensuite j'ai réussi à lire entre les lignes et j'anticipais ses bouffées d'inspiration.

- Chose importante à savoir, nous, personnages imaginaires, ne sommes pas considérés comme les acteurs de cinéma (même si leur rôle ne consiste qu'à nous évincer, nous, personnages imaginaires, pour s'approprier nos personnalités !) nous n'avons pas le même statut et c'est pour cette raison que nous ne sommes pas intermittents du spectacle. De ce fait nous n'avons pas de couverture sociale, nous ne sommes reconnus par rien ni par personne, sinon par les auteurs qui peuvent nous faire disparaître d'un clignement d'yeux ou d'un clic de souris. Il est vrai que par les temps qui courent les revendications sont monnaie courante, mais si vous souhaitez nous soutenir dans le combat de cette injustice venez voter sur :

www.personnagesimaginaires-odette.fr

Remerciements :

Mes remerciements à Me Anne. V mon avocate préférée qui sait si bien scruter de son œil de lynx mes contrats et assurer mes arrières.

À mon Hélène. D pour sa disponibilité, ses judicieux conseils et tous nos fabuleux déjeuners à rallonges.

À Marie-Claire Roux pour avoir su avec son talentueux coup de crayon faire vivre Odette et lui donner exactement les traits, l'image que j'avais d'elle... encore BRAVO !

Merci à ma Cop's Martine. C, chasseuse de fautes, le stylo rouge toujours à la ceinture prêt à être dégainé, qui fait profiter chacun de mes textes de son savoir-faire, de sa virgulite aigue et de son regard critique.

Merci aussi à Lisa. M pour avoir posé plus d'une fois ses yeux sur cette histoire…

Et à mon Isa Peuf-Peuf pour son infinie gentillesse et sa façon bien à elle de toujours m'accueillir comme une reine !

Et une fois de plus merci à ma famille pour son

soutien indéfectible : Maman, Papa, Géraldine, Greg, Camille (merci ma jolie pour ta correction et toutes tes remarques !), Nicolas et… mon amoureux J.F.

Sans oublier mon indispensable ami Fred. A, lecteur de la 1ère heure… ma boussole, mon GPS, ma sentinelle dans le brouillard !

Et enfin, merci à Marie-Noëlle. R, mon amie, mon insubmersible… toujours présente quoiqu'il arrive !

Lili Pissenlit

À Marie-Elise, Monique, Jean, et à l'humour qui rend la vie plus douce…

Merci Lili pour cette belle rencontre. Merci pour ta confiance et ta générosité.

À Manon, ma poulette chérie, Jackie & Gilbert , mes parents et Papillon, pour leur soutien.

Merci aussi Guillaume...

Marie-Olé